# あら、もう102歳

## 俳人 金原まさ子の、ふしぎでゆかいな生き方

金原まさ子



草思社文庫

もくじ

## 1　たまたま一〇二歳

## 2　二十歳の銀座

# 3　美しい男性たち

# 4 麹町六丁目七番地

## 5　フマジメとマジメ

# 1

# たまたま一〇二歳

人はアンラーン（unlearn）することで生きてゆけるのだと聞きます。
わたしの長生きは、並はずれたアンラーンのしわざかもしれません。

## 気がついたら一〇二歳。電車で席を譲られるのはちょっと……

ＡＢ型、天然。来し方にミスが多く、なんとか糊塗《こと》しようとして上塗りになり、ただ趣味にも実務にも、すべてにわたしなりの全力であたり、生きてきましたら、いつのまにか百歳を超えていました。

誕生日が来るたびに、新しい感慨が訪れるということもなく。

ある日、気がついたら、一〇二歳だった。

それだけのことなのです。

足腰がだいぶ弱ったとはいえ、二階への昇り降りに苦労はしません。

車椅子はどうしてもイヤなので、自分の脚で立てるうちは、外も歩きたいと思っています。

杖をつくのもイヤだったのですが、さいきん、きれいな蒔絵ふうの杖をもらって、ついてみたら「あら、楽だ」。

また外出が楽しみになりました。

外に出て困るのは、電車で席を譲られること。

これを言うと、みなさんあきれてお笑いになるのですが、ありがたすぎて困るのです。

もちろん譲っていただけば、ひたすら感謝です。

けれど、電車に乗るやいなや、遠くの席の人が立ち上がって「どうぞ」なんて呼ばれた日には、出てきたことが申し訳なくなってしまう。

すこしでも迷惑をおかけしたくないというのは、まったくのわたしのわがまま。

譲ってくださるご親切な方には、ほんとうに失礼で申し訳ないのですが。

# 日に何度も「あちら側」へ。俳句はわたしの竜宮城

俳句とのおつきあいは、もう五十年を超えました。四十九歳で始めたにしては、長く遊ばせてもらって、ありがたいことです。七十三歳の『冬の花』から、一〇二歳の『カルナヴァル』まで、句集は四冊。すべて、周囲のみなさまのお力ぞえで、出させていただきました。

俳句で遊んでいると、ぞくぞくして、時間を忘れます。それは、人がどう思おうとお構いなしの、わたしの純粋なお愉しみ。日に何度も「あちら側」へ行って、うっかりすると、一日の大半をすごしています。幻想の世界で、わたしがもう一人、生きているよう。

浦島が竜宮城で年をとるのを忘れたように、わたしは、うかうかと長生きを

しているのかもしれません。

俳句は書いておりますが、自分が「俳人」と呼んでいただくことには、なじめません。

「俳人・金原まさ子」……きゃあ、と言って逃げ出したくなる。

なにか、ほかに呼び方はないでしょうか？

たとえば「ハイクツクリ」とか。

## すごい小説が五百枚くらい、一夜で書けないものでしょうか

森茉莉は、その晩年『魔利のひとりごと』（一九九七年）のなかで、ご自分のことを、このように書いています。

「（私は）馬鹿げて楽天的に出来ていて、ふと星の煌《きら》めく空を見上げて、天から お札が降って来たら素晴しかろうと想ったり、英国の女王か、英国の貴族のお爺さんから、茉莉さんに贈る、という黄金色《きんいろ》に輝く紋章入りの手紙つきで、大きな宝石が送られてくるような幸福がどこかにあるような、そんな奇妙な想いを胸に抱くこともあるのである」

文中「お爺さん」と限定するところが、おかしくてかなしいのですが、わた

しもほんのすこし、そのような気分の人間であるらしい。

たとえば夜中、ふと目覚めて憑《つ》かれたように机の前に座ると、自分の意思とは関係なく、指がひとりでに動いて、珠玉のような俳句が生まれつづけるといいなと思ったり。

すごい小説が五百枚くらい、一夜で書けないものだろうかと、祈るような気持ちで考えることがあるのです。

これはひみつですが、かつて昼間ひとりでいるとき、ひそかにスプーンを撫《な》でて努力したことがありました。

ダメでした、やっぱり。

## なんでもおいしくいただきます。
## なまたまご以外は

食生活　なまたまご以外、なんでも
（食べ物の好き嫌いはありませんし、食欲もあります。暴飲暴食はしないけれど、「腹九分目」まで食べたい）
運動　散歩なし。腹式呼吸を朝夕一回ずつ
水　よく飲むようにしている
お酒　夕食後、ビール　コップ1／3、ワイン　1／3
タバコ　なし
睡眠時間　ムラがある　4〜9時間
健康食品　アリナミン
血圧　135と80　上下している

血糖　常に標準
歯　六十五歳のとき総入れ歯
（このとき全部の歯がダメになったわけではないのです。健康だった歯も全部抜き取ってしまいました。理由は、治療で削られるのがイヤだったから。歯医者さんで、歯を削られるのがどうにも苦手で耐えられない。それでぜんぶ抜いてもらったのです。抜かれるのは平気なのです。なにごとも一刀両断に）
家族の支え　最愛のパートナー、娘との二人暮らし
感動したこと　生き物の不思議さに常に感動
（テレビ番組『ダーウィンが来た！』は、かならず観るようにしている。生き物は、思ってもみないやり方で環境に適合したり、誰が命令するわけでもないのに同じ行動をとったり……。蝿からクジラまで、どんな生き物にも神秘があります）
趣味　いまのところ、俳句と読書

## わたしの俳句は、目をつぶって作ります

観光地や庭園で、数人から十数人の年配者の集団が、メモをとりながらゾロゾロ歩いていたら、それは、俳人たちの「吟行《ぎんこう》」（散策しつつ俳句を作ること）です。

俳句では一般に、目の前のものをよく見て作りなさい、といわれます。そして芭蕉以来、俳人は、旅をし野外に出て、俳句を作ります。

わたしも、はじめは、やっていました。

でも、そのうち、自分の場合にかぎっては、現実をなぞっていても、なにもはじまらないと思ってしまった。

見て、そして、目をつぶらないと、わたしは書けないのです。

吟行のあとの句会で、わたしが作った蛇の句を出すと、「今日は蛇なんかいなかった」と言い出す人がいます。

吟行は見たものを書くことが建前ですから、そういうことを言う。

「いや、いたわよ」

「うーん、見なかったけど、いても、おかしくはない」

というふうに、蛇がいた、いないで、議論がはじまったり。

はじめから、わたしの頭のなかにしかいない「蛇」なのに。

# あるとき、ドアが音もなく開いたのです

あるとき、目の前のドアが、音もなく開いたのです。驚きました。幻を見ているんじゃないか、と思った。入ってきたのは、同居している娘で、夢でも幻でもない。「音もなく」は、わたしの耳がおかしくなっていた、というわけ。診てもらうと、「突発性難聴」。九十九歳の十二月でした。

「ふつうは、もっと若い人がかかる病気なんだけどねえ」耳鼻科の先生は笑っていましたが、本人は笑えません。人生に、こんなことがあるのかと、くやしくてしかたがない（わたしは自分の「老い」に、いまだに納得していないらしい）。

補聴器をつけて、耳元でしゃべってもらえれば、なんとか聞こえるので、人とお話しする時は、娘やお友だちに耳元で「通訳」していただきます。

けれど、不自由は不自由……。

おもしろいもので、お相手によって、離れていても言葉が聞きとりやすい方と、ごく近くでしゃべっていただいても、話の通じない方がいます。

そして、家のことをすべてやってくれている、わたしのだいじな娘の声が、なぜか、と・て・も、聞きとりにくいのです。

残念です。

## わざわざ苦労して運動はしません

食べるのは大好きですが、つくるほうは、好きではなく。

三度の食事は、数十年来、娘がつくってくれています。

食事の片付けは、わたし。

洗濯は娘がしますが、干したり取り込んだりは、わたし。

掃除機と、雨戸の開け閉めも、わたしがやっています（いばるほどのことではナイ）。

わざわざ苦労してする運動は、まったくしていません。でも、毎日、なんらかのかたちで体を動かすことがいいそうなので、この役目は「とりあげないで」と娘に言っています。

健康雑誌の取材を受けたときに、お医者さまに教わったのですが、「運動ではなく日常生活で消費するエネルギー」（専門用語でNEAT）が、だいじだそう。わたしの部屋は二階ですから、毎日、階段を昇り降りします。これも「NEAT」のひとつ。

お風呂もひとりで入ります。

この間、風呂場で転びました。着衣で（じつはウソ）。「全身力《ぜんしんりょく》」をもって、腰を打たぬよう、浴槽のふちにしがみつき、「ヤバッ！ヤバッ！」と思いながら、二秒ほど、足下をつるつる滑らせていました。

翌日、整形外科にいきましたが、骨もどこも異常なし、とのこと。さすがにその日は、全身脱力して、ぐにゃぐにゃしていましたが、次の日には、元に戻りました。

# 百歳でブログをはじめました。そそのかされて、うかうかと

九十九歳で句集を出して、もう俳句はおしまい、と思っておりました。

読みたい小説はたっぷりありますし、二時間ドラマも好きなので、いくら時間があってもいいのです。

その翌年、百歳のときに、あの東日本大震災。

関東大震災（一九二三年）を十二歳で経験しているわたしですが、あらためて命のはかなさを、意識するようになりました。

わたしのことではありません。

同居している娘が死んだらどうしよう、という心配です。

死んだら意識が消滅するのですから、自分の死後のことは、考えてもしかたがない。

しかし、わたしは、何十年も生活のことは娘に頼りきり。もし、娘に先に死なれたら……。

わたしは、ぜったいに、娘より先に逝かなければいけない。そして、迷惑をかけないように、身辺整理もしておこう。よし決めた、これで俳句は封印だ。

そう思って、俳句の仲間に挨拶状も出しました。

そうしたら、ある日、俳句のお友だちがいらして、言うのです。

「金原さん、ブログをやりませんか」

「？？？」

それまでも、インターネットで、必要な情報を集めることはしていました。娘の手を借りて、映画『モーリス』の主演の彼は、さいきん、どうしているだろう、といった程度のことですが。

「死ぬまでに一度でいいから、ネットで自分の名前を見たいものだ」

のん気に、そんなことを思っていましたが、自分でなにかをネットに書くなんて、考えたこともなかった。

ところが、彼女はあきらめません。

「金原さんは、ネットに向いていると思う。だいいち、ここで俳句をやめてしまうなんて、あまりにもったいないじゃないですか」

「……そう？」

そそのかされて、うかうかはじめたのが、二〇一一年の六月。

ほとんど休まず毎日更新して、もうすぐまる二年になります。

一日一回、句を書いてファクスで送ると、彼女が、それをインターネットにアップしてくれるのです（どうやってそんなことができるのかは知りません）。

ネット上の名前は「かねこねこ」にしました。「かねこ」は旧姓の金子、「ねこ」は語呂《ごろ》がいいから。

わたしの俳句は、身辺のできごとやたまたま読んでいたものを取り入れて、咀嚼《そしやく》し、反転し、虚構化して書きます。

だから、その日飛び込んできたものを、すぐ俳句にして発表できるブログは、たしかに、たいへんおもしろい（お友だち、あなたは正しかった！）。

インターネットは、書いたものにすぐ反応があります。

評判がいいと思うと、わたしはお調子者ですから、楽しくなって、俳句の脇に短いコメントをつけてみたり、テーマで連作を試みたり、ぞんぶんに遊ばせてもらっています。


じつは、句作を休んでいたときは、なんとなく、日々がもの足りない「精神のお腹が空いた」状態でした。

わたしは、人生の半分を、本や雑誌を「読むこと」だけですごしましたが、いつの間にか「書くこと」も、自分に欠かせないものに、なっていたのですね。

# わたしのなかにA子とB子がいるのです

十七歳のとき、谷崎潤一郎の『痴人の愛』を、読みました。カフェで働く十五歳の少女ナオミを、養女にし、愛人にし、ついには妻にしてしまう男の話です。

「なんて不道徳な！」

わたしはその男、河合譲治に、読んでいる最中から腹が立ちっぱなしで、一年経っても、怒りが収まりませんでした。

小説のなかの人相手に、腹を立てるなんて、ずいぶん子どもっぽいこと！

(怒るなら、作者に怒ればいいのだ)

清らかだったのです、わたしは。

それから八十五年。わたしの第四句集は、帯に「一〇二歳の悪徳と愉悦」と記されることになります。

悪徳と愉悦？　十七歳の清純なわたしは、どこへ行ってしまったのか？　いえいえ。わたしは、ずっと変わらずに「清く正しく」暮らしているのです。かといって「悪徳」が、ウソかというと、そうではない。

わたしのなかには、A子とB子がいるのです。

A子は、道徳的で常識的。いわゆる良妻賢母タイプ。

B子は、不道徳で非常識。A子とは正反対のタイプ。

この二人は、両方が「わたし」。

そして、ふたりの「わたし」は、それぞれ、まったく違う「幸せ」観をもっている。そこが、とても厄介です。

B子（悪いほう）とは、わたしの身辺《しんぺん》にいろいろと事件の起こった、三十代からのつきあいです。

結婚して、いい母親でいられたころは、猟奇的な小説を愛読していた十代の自分のことを忘れていました。

しかし、三十代で、妻としても母としても失格、と宣告されるような体験をします。

自分で自分の心を蹂躙《じゅうりん》するように責める毎日。そのときのわたしには、避難所が必要になりました。

そして、わたしは、結婚もしていなければ母にもなっていない自分（つまりB子）を、心の底に匿《かくま》うように棲《す》まわせはじめたのです。

森鷗外の長男・森於菟《おと》は解剖学者で、家には居場所がなくても、死体置き場で死体にあいさつされると、「生き返ったような気がする」と書いています。

わたしもそのクチ。B子のわたしは、異常者や死体が出てくる本を好んで読みます。そういう不健全な世界で遊んでいると、なぜか精神が健やかになる。

それは、わたしに必要な癒しなのです。

もちろん、A子さんの受け持ちである、明るさや健全さは、暗くあやしい世界を楽しむためにも必要です。ずっと日の光に当たらないでいると、人間、衰えてしまいますからね。

わたしの俳句は、もちろん、B子好みのあやしい世界です。

しかし、自分が「そういう」人間であるように思われると、ちょっと待ってください、と言いたくなります。

あれは、お遊び。現実のわたしが「そう」であるわけでは、ありません。

たとえば、わたしの句には、そこらを這う生きものがよく出てくる。しかし、ああいうものを、この目で見るのは御免被《ごめんこうむ》ります。うっかりそのへんにいたら、娘を呼んで片づけてもらう。

指に刺さったとげは、見るのもイヤで、目をそらしながら抜きます。

A子さんとB子さん。

もしも、神様が「どちらか一人にしなさい」とおっしゃったら、わたしはA子を選びます。

A子さんは、あんな友だちいらないなあ、っていうような、ちっとも面白くない人。

でも現実において、わたしはA子として、生きてきました。

男性だって、A子の好きな、誠実でやさしい男性が、いちばんだと思っていますよ（B子さんの男性の好みについては、またのちほど）。

# 2

# 二十歳の銀座

チャンスが来たらその前髪をつかめ、ということばが好きです。
ギリシャ神話の幸運の神、カイロスは後ろが禿げていて、前髪しかない。
その前髪をつかんだら、つかんだままいっしょに走りたい。

# 「ひる逢ふ紅はうすくさし」。
# 家を出ていった「夫」との逢い引き

むかしむかし。
待ち合わせは、午後三時半。新橋駅で。
わたしはその人を、七時半まで待ちました。
その人とは、夫です。
七時半をすこし過ぎて、その人は来ました。

花合歓《はなねむ》やひる逢ふ紅はうすくさし

わたしは三十代。
外に恋人ができて、家に帰らなくなった夫と、待ち合わせて午後に会う。

逢い引きです。

梅雨深し子の父親に逢ひに行く
明け易き寝顔の眉の生きうつし

そのころのことを思って、つくった句です。
「その人」は、わたしにとって、夫というより、だいじなだいじな娘の父親でした。
思いは、いろいろにありましたが、離れるわけにはいかなかったのです。

# 銀座松坂屋裏「ブランズウィック」。二十歳のわたしたち

一九三一年（昭和六年）。

わたしたちは、銀座松坂屋の裏にあった「ブランズウィック」のボックス席で珈琲《コーヒー》を飲んでいます。

わたしは二十歳。二十九歳の麗人、映子夫人と、わたしと同年の光子さん。そして、学校出たての若い男性三人組という顔ぶれ。

映子さんがのむ、長くて細い外国煙草から、匂いの良い煙が流れます。

前に座った、慶応ボーイの三人組がやたらにドイツ語を会話に混ぜながら盛り上がり、光子さんとわたしは、ほんとうは蜜豆が食べたいのにがまんしながら（ここには置いていない）、にがくて黒い珈琲を啜《すす》っている……おそい春の昼下がり。

わたしは飯田橋の料理学校に通っていて、光子さんは同級生。そんな場合は、男性がおごるものと思われるかもしれませんが、そのときの彼らといったら、

「今日はぼく、ゲル、ないんだ」

なんて、ぬけぬけと言うような人たちでした。

「ゲル」は、お金のこと。ドイツ語から来ている、当時の学生言葉です。わたしたちは「よろしいのよ」なんて言って、お金を、そっとテーブルの下で手渡します。彼らはそれをもって、レジへ支払いに行くのです。

十数年ののち、戦争をはさんで、このカフェは、かの「ブランズウィック」に変貌します。

三島由紀夫の根城《ねじろ》となり、小説家や芸能人が足しげく出入りし、フリル付き白サテンのブラウスを着た美少年たち（後年の美輪明宏を含む）が銀盆を持って

行き来する……日本初のゲイバーともいわれた、あの「ブランズウィック」に。

わたしたちが座った高い木の背もたれは、さらに高くなり、椅子は緋のビロードに変わり、ボックスはより深く。

一九四九年（昭和二十四年）初夏。

細身の白パンツの三島由紀夫が、堂本正樹の掌に、

「君、綺麗な掌をしてるね」

と言いながら、生ハムのサンドイッチの一片を載せる。

毎朝、熱い湯にひたして掌の皮膚を整えていた堂本正樹は、それを見透かされたように思い、恥じて目を伏せる……。

三島由紀夫はこのとき二十四歳。のちの劇作家、堂本正樹は十五歳。


さて。

わたしと光子さんは、一九三一年の「ブランズウィック」を出て、男性たちと連れだって、ダンスホールへ向かいます。

## 京橋「日米ダンスホール」。チークを踊るカップルに軽蔑のまなざしを

平日の銀座通りの、ほどほどの雑踏のあいだを、やわらかい風が流れます。京橋の「日米ダンスホール」まで、歩いて十分。

昼間のホールの白々しい灯。フロアの半分ほどが、もう埋まっていました。バンドなし、レコードのみ。

男性客のパートナーを務めるダンサーは、まだいません。パートナーを連れていない女性客のために、男性ダンス教師が控えています。

そう、昼間のダンスホールは、本格の社交ダンスを習ったり、練習したりする教習所でもあるのです。

ステップは、タンゴ、ワルツ、ブルース、クイックステップに限り。ジルバなど踊りたい人は、フロアの端に遠慮しなければなりません。

われわれは、チークなど試みるカップルに軽蔑のまなざしを投げ、難しいバリエーションステップの学習に励むのです。

ホールのシャンデリアが点灯されると、光子さんとわたしに、帰宅時間が迫ってきます。

今朝八時に、わたしたちは、料理学校に行くため家を出ています。学校は午前中で早退、しかじかの午後を過ごしたワケですが、六時半の枠内に帰宅し「今日は学校の帰り、三越へ寄って、それから資生堂パーラーでフルーツポンチを食べて来ました」と言えば、「寄り道も、たびたびは、いけませんよ」ですむのでした。

銀ブラ人種という「族」がいて、銀座四丁目から新橋へかけての「右側」の通りを十回以上往復しないと眠れないと言い、連日のように、夜の銀座へくりだします。

なぜ右かというと、左側は夜店が出るからダサイ、と言って見向きもしないのです。往《い》っては戻り、往っては戻り……いったい何だったのでしょう。

でも、たまにそういう仲間に加わるときがあると、その夜は心がたかぶり、明日は、なにかすてきな運命が待っているのではないかと、眠れなくなって、猟奇小説を読みふけるのでした。


なにもかも、遠い昔のことです。

東京に六十年、横浜に移り住んで四十年を過ぎ……。

長く都会に住む人は、焚火やランプをなつかしむといいますが、わたしは、いまでも都会の灯が好き。

胸がしめつけられるほどに。


ちょっと戻って、銀座でわたしたちと別れた映子夫人は、恋人と落ち合って、ローマイヤで食事をとり、東京一ゴージャスな、赤坂溜池のダンスホールにくりだし、ラストまで踊るのでした。

そして「ブランズウィック」で向かいに坐っていた三人組。そのうちの一人が、わたしの夫となるのです。

## その人とは、男爵邸のダンスの会（会費制）で会いました

その人とはじめて知り合ったのは、目賀田《めがた》男爵邸で催されていた、社交ダンスの会でした。

目賀田種太郎男爵は、東京音楽学校の創設に尽力し、西欧流の音楽教育を明治の日本に移入した人でもあったので、ダンスにも理解があったのでしょう。ある時期、私邸で、ダンスの会が開かれていたのです。

そう言うと、セレブが集まる華やかなパーティーを想像されるかもしれませんが、こちらは会費制で、参加するのはわたしたち〝平民〟です。

「男爵様が、わたしたちから、会費を取るんですものネ」

そんな憎まれ口をききながら、皆、いそいそと集まるのでした。

ダンスをするのは、学校でもすこし「不良」がかったメンバーで、わたしも

その一人。

なぜか、うちの両親はダンスには寛大でした。そこは、男爵邸というブランドがものを言っていたのかもしれません。

その人は、慶応に在学中から、ダンス教師の助手をしていたくらいで、とにかくダンスがうまい。女性がみんな「金原さん、踊って」とよってくるくらいの腕前です。

ところが、その人は、いつも、わたしにダンスを申し込んでくるのです。

そして、なにが気に入ったのか、ダンスホール通いにも、わたしを誘うようになり……。

当時通っていた料理学校のお教室で、ベシャメルソースなどを教わっていると、「金子（わたしの旧姓）さん、お電話ですよ」と、呼び出しが来ます。

教員室へ行って、電話に出ると、あの人です。

「今日、学校終わったら、待ってるから」

飯田橋から銀座、京橋へ。ちょっとお茶を飲んで、あるいはお茶も飲まずに、ダンスホールへ直行します。

わたしはそれまで、男性と接触するということがまったくありませんでしたから、こんなふうにして男と女がいっしょに踊るんだ、という驚きでフワーッとなってしまい、もう夢中です。

そして、わたしの両親も、あの人に夢中になってしまいました。

慶応出身で、兄は有名大学教授。地方で事業をしている家の三男坊が「婿養子に来てもいい」というのですから、条件がよすぎました。

うちの両親からだいじにされて、だいぶ居心地がよかったのでしょう。

彼は、兄の家に下宿していたのですが、結婚前から、家になんども泊まりに来ていたほどです。

けっきょく、出会って二年、つきあって半年。

一九三三年（昭和八年）、わたしたちは結婚ということに、あいなります。

## 踊る新婚旅行。ほんとうに踊るだけ！

新婚旅行は、熱海に一泊してから関西へ。

当時、東京からの新婚旅行は熱海というのが定番でしたから、そこからさらに関西へというのは、なかなか贅沢《ぜいたく》だったのではないでしょうか。

東海道線の特急で西へ西へと行くのですが、あの人は、風物や自然の景観というものを見ない人。関心がないのです。

人が行く名所やお寺にも、いっさい興味を示さない。

観光もせず、なにをしていたかといえば、ただ、ダンス、ダンスです。

熱海で踊って、京都で踊って。

最後のお目当ては、宝塚市にできたばかりの、東洋一というダンスホール「宝塚會舘」でした。

楕円形の三百坪という広大なダンスフロアは、床板の下にスプリングが入っていて、踊っても疲れない、というのが売りものです（と、当時のパンフレットに書いてある）。

新婚旅行の思い出は、どこへ行っても、踊っていたことばかり。

わたしもそれで、退屈もせずにふわふわと。

いい夢を見ているような、楽しいことばかりでした。

## 一冊も本を読まない・持たない、出版社勤めの夫

夫は、結婚したとき、一冊も自分の本というものを持ってきませんでした。大学の教科書一冊さえ、ない。

出版社に勤めていて、それは、かなりめずらしい部類だったのではないでしょうか。

それでいて、頭の回転のよい、目端《めはし》が利きすぎるくらい利くという人なのです（会社では、重役にまでなりました）。

けっきょく、あの人は「超」がつくリアリスト。心に、現実しかないという人だったのでしょう。

わたしは、現実逃避して想像の世界で遊ぶのが生きがいですから、正反対。自分の本棚を持たない人生が、想像できません。

でも、男の人は、そういうものなのだろうと思っていました。

共通の関心はダンスだけ。

食事のときも、これといった会話もなく、もくもくと女中さんの給仕を受けながら食べ、終わると「ごちそうさま」と言って、それぞれの部屋に戻る、というふうでした。

もっとも、わたしの時代は、食事中に話をするのは下品、という教育ですから、それは、ごくふつうのことでした。

## わたしたちの新婚生活。子どもが二人、結婚したようなものでした

新婚生活は、わたしの両親と四人でした（婿養子ですから）。実家近くの借家に、二人で住んだこともありますが、けっきょく、麴町の家での同居に落ち着きました。

四人ですき焼きなどを食べていると、母が、鍋のできているあたりを指します。「まあちゃん、そこが煮えていますよ」

わたしは「そうお」と言って食べる。

わたしにとっては、ふつうのことなのですが、結婚した娘が、母にそんなふうに世話を焼かれているのは、異様な光景だったかもしれません。

父が、母に「おまえ、『まあちゃん、そこが煮えています』はやめなさい」と言ってきかせていました。

それを聞いて、わたしも「それはヘンなのか」と思いました。

夫と二人、家のなかで、鬼ごっこをしていて、「いいかげんにしなさい」と叱られたこともあります。

わたしたちは、ずいぶん、子どもっぽかったんですね。

結婚前、なにも知らないわたしに、母は「だんなさまの言うとおりにしていれば、いいのよ」とだけ、教えてくれました。

わたしは、女学生のころから、きわどい内容の本をたくさん読んでいましたが、具体的なことは、なにもわかっていなかったのです。

その最中に、笑い出してしまったこともあります（あの人は、怒りました）。

## 遊び場で気前がよければ、それはモテますよ

結婚して二年目に子どもができて、ダンスホールに出かけることもなくなりました。一点集中型のわたしは、すべての関心と時間を、子どもにささげるようになったのです。

主人は、あいかわらず、毎日のように会社帰りはダンスホールに立ち寄り、家で夕飯を食べることもすくなくなりました。

一人で行けば、ホール専属のダンサーと踊ることになります。

ダンサーと踊るには、まず、十枚か二十枚綴りのチケットを買います。これは回数券みたいなもので、一回踊るとダンサーに一枚渡す。ダンサーは、その枚数しだいでお給金を受けとる。お客と踊った回数が、売り上げになるというシステムです。

そこを、主人は、一回か二回踊ると、相手のダンサーにポンとチケットひと綴りを渡してしまうのです。これをやると、あの人たちはよろこびます。おまけに、バンドに好きな曲をやらせては、チップをはずむ。

ずいぶん気前がいい客です。

しかも、容貌はゲイリー・クーパー似（と、わたしには見えました）、仕立て屋さんに「バンマス（ジャズバンドのリーダー）ですか？」と聞かれるほどの、派手好みのおしゃれ、言うこともいちいち気がきいている。それで、それだけカネ払いがよければ、モテるわけです。

得意げに、そんな話をわたしにする夫も夫ですが、パパが楽しければそれでいいわ、と聞いている、わたしもわたしでした。

だいたい、あの人がそんなにお金を使えたのは、お給料をぜんぶ自分の小遣いにできたからです。

父はそれに異を唱えず、わたしも不自然に思いませんでした。

## ダンサーと深い関係に……
## 夫が家に帰ってこなくなりました

やがて、戦争で、世の中はダンスどころではなくなります。一九四〇年(昭和十五年)の十月にはダンス禁止令が出され、ダンスホールはすべて閉鎖されました。

そして、終戦。ダンスホールも復活。

主人は、またダンスに夢中になります。

いそがしいから会社に泊まり込む、と言って、家に帰らない日が多くなりました。出版社勤務とはいえ経理担当ですから、そうそう、徹夜仕事があるわけもないのですが。

でも、わたしは人の言うことを疑わないので、そんなものかな、と思っていました。

あの人も、父がいるあいだはまだ遠慮がありましたが、そのうち父が亡くなり重石《おもし》がとれると、まったく家に帰ってこなくなりました。新橋のダンスホールの、あるダンサーと深い関係になり、そちらの家で暮らすようになったのです。

おかしなもので、そういう事態になっても、わたしにはそのダンサーを恨む気持ちが湧いてきませんでした。たとえ、水をコップに満たして、どうぞと差し出したのが、女性だったとしても、飲んだのは主人です。行動の責任は、あの人にある。

わたしは、主人に、手紙を書くようになりました。

送り先は、職場です。

「愛しています」

「いまも待っています」

「こんなことがありました」

「スミヨちゃん（娘）が、こんなことを言いました」……。

わたしが思っていたのは、ただただ、娘のことでした。

わたしは、はじめの子どもを、自分の不注意から死なせています。

だからかもしれません、この娘のしあわせは、わたしの命よりもはるかに重いものなのです。

そして、あの人は、愛する娘のただひとりの父親。

わたしは夫をなくしてもいいけれど、娘に父親を失わせるわけにはいかない。

だから、なんとかあの人とつながっていたくて、手紙には、いいことばかりを書いたのです。

娘には、あの人に対する悪口やグチを、いっさい聞かせていません。

父を憎むような母と暮らさせたら、この子がかわいそう。

そう思って、明るくしていました。

だから、娘もお父様のことは大好き。母のことを、かわいそうと思ってはいなかったようです。

この件で娘の心を暗くさせなかったことだけは、自分をほめます。

主人は主人で、ときどき、娘を連れて遊びに出かけました。ダンスホールや、大学生が主催するパーティーに連れて行って、ダンスを教えたり、学生相手にさっそうと踊って見せたり。

あの人は、きっと、娘に、華やかな自分を見せたかったのでしょう。父娘が仲良くなることは、わたしの幸せですから、あの人から誘いがあると、わたしは、大よろこびで娘を送りだしました。

娘によると、釣りに行ったら、若い女性があらわれたこともあったらしい。その女性というのが、当時、彼が暮らしていたダンサーとは、また別の女性だったというのには、あきれましたけど……。

そのうち、わたしも、主人と、待ち合わせて会うようになりました。家に帰ってこないから、外で、昼に「逢い引き」です。

まったく、あの人は、なにを考えていたのでしょう。むこうのダンサーから見たら、こっちが、浮気相手になってしまった。

## 北大路魯山人のお店を、大泣きして辞めました

外で勤めたのは二度だけです。

一度めは、三十代後半でした。

主人との逢い引きを終えて銀座を歩いていると、とあるショウウィンドウに、求人の貼り紙がありました。

「ものを書くのが好きな人。四十歳くらいまで」

特に職を探していたわけではなかったのですが、貼り紙の言葉に、心が動きました。

「ものを書くのが好きな人」募集なら、わたしにもできるかもしれない。

かんたんな面接がありました。

「ほんとうに、書くだけでいいのでしょうか」

「それもしょっちゅうではありません。必要が生じたときだけです」

そこは、北大路《きたおおじ》魯山人《ろさんじん》の「火土火土美房《かどかどびぼう》」という店で、魯山人作の陶磁器などを売る場所でした。

当時、万能の芸術家のように称揚された魯山人のことを知っていれば、尻込みもしたし、逆に意気込みもしたでしょうが、美食も陶器も関心の対象外。その人の名前もかろうじて知っている程度だったので、なんとなく採用されて、なんとなく勤めはじめました。


そうして、生まれてはじめての「お勤め」がスタートしたのですが、なにもすることがありません。言われていた「ものを書く仕事」もなく、ただただ椅子に坐っているだけ。

電話がかかってきたら、内容をメモにとり、こういう電話がありました、と報告する。それくらいです。

半年、経ったころ、言われました。

「キミは、ほんとうに、なにもしないんだな」

「……？」

仕事を言いつけられれば、もちろんやりますが、それがないから、じっと坐っていたのです。

驚いて黙っていたら、その人は続けました。

「そのへんをきれいにするとか、冷蔵庫のなかを整理するとか、することはいくらでもあるだろう」

そして、「そんなだから、亭主に捨てられるんだ」と言うのです。

「辞めさせていただきます！」

怒り心頭に発したわたしは、立ち上がって、その場を出ていきました。

魯山人がニヤリと笑って「やっぱり」と言ったのをおぼえています。

外に飛び出したわたしは、すぐに電話をして、出奔中の夫を呼び出し（この発想もおかしい）、わあわあ泣きながら、あったことを全部、訴えたのでした。

しばらくして、今度はもうすこし大きな会社に、夫の口利きで、秘書として勤めるようになりました。

この二度めのお勤めも、やはり、ただただ坐っているだけでしたが、もうすこし長く続いたのです。

## これで夫とわたしは五分と五分。裏切りを許すことができる

重大な告白をします。
あるとき、ある男性と親しくなりました。
「つい魔が差して」というのではありません。
自分で決めて、したことでした。
しなければならないことだったのです。

わたしが一度でも不貞をはたらけば、夫とわたしは「五分と五分」。
自分が貞淑なままでは、わたしは、他の女性のところへ行ったきりの夫を、
生涯許さず、うらみつづけて終わったでしょう。
わたしは、そうして、夫を許すことにしました。

五分五分の関係なら、もう、わたしだけが正しくて夫を責める、ということはない。彼の裏切りをなかったことにもできる。

「浮気男」を「貞女」が許すのではなく、「悪女」として許す。

そういうかたちを、選んだのです。

しかし、まあ、わたしとは、なんというヨーチ、コッケイ、ヒレツな思い込み人間だったのでしょう。でも、そんなわたしのなかの成長しきれない部分がいまでもじゅうぶんに、わたしのなかに残っているような気がします。

# 帰ってきた夫に、わたしが思ったこと

五年ほど経って、主人は戻ってきました。

相手の女性が、若い恋人をつくったのだとか。

あの人はわたしに、こちらの家に戻るつもりであることを伝えて、言いました。

「なにも言わずに、ボクのすべてを受け入れてくれる？」

それに、わたしは、なんと返事をしたのだったか。

ただ、うつむいて、笑っていたのじゃなかったでしょうか。

そのとき、あの人は、結婚前、「ブランズウィック」で「今日は、ゲル（お金）ないんだ」と言ったときと、同じ顔をしていたような気がします。

いい年をして。また、かわいい顔をして、許されようとしている……。

わたしは、なんだか力が抜けてしまって、おかしくて。

それで笑っていたように思うのです。

主人は、家に戻ってきたとき、手紙の束を持って帰ってきました。

別居中わたしが送っていた手紙を、ハンカチーフに包んで。

五年間、相手の女性の目にふれてはいけないので、主人の会社あてに出し続けたそれを、あの人は、ほかの書類にまぎらせもせず、さもだいじそうにとっておいたのです。

それは、どういう心理が、させたことだったのでしょう。

わたしや娘のことを、すこしでも、いとおしいと思ってくれていたのか。

それとも、やっぱりなにも考えていなかったのでしょうか。

それから、何十年か、いっしょに暮らしたのちのこと。

あの人が、がんで余命わずかというとき、病院のベッドで、わたしにこんなことを言いました。

「目が覚めて、そこにキミがいると、ホッとするよ」

このひとことで、いろんなことを許してしまいました。

# 3

# 美しい男性たち

森茉莉は、一枚の写真、金髪の二人の若者の写真を見ただけで、
あの「恋人たちの森」を書いたのだそうです。

## 「戦場のメリークリスマス」の坂本龍一で、人生が変わりました

わたしは、映画『戦場のメリークリスマス』（一九八三年）で、人生が変わりました。

アポロとヒュアキントス、イエスとヨハネ、信長と蘭丸、山岸涼子や竹宮恵子の劇画の世界……男性どうしの愛の美しさを思うことが、わたしの心の大部分を占めるようになり、そして、今日までずっと変わらないのです。

雑誌の記事か、予告編か……ともかく一目見て、これはぜったい見なければいけない映画だと思い、遠くの二番館でやっていた上映に、駆けつけました。夫がいなくなって、気持ちが解放されていました。気兼ねなく、どこへでも行って、なんでもできる。そういう気になったのはひさしぶりです。見てしまったら、もう、夢中です。

ポスター、CD、本や雑誌……集められるものは、なんでも集めました。坂本龍一とデヴィッド・ボウイの演じた二人、ヨノイとセリアズのことを思い描いて「いいなあ、いいなあ」と、心でつぶやいて、飽きないのです。

それは、わたしが五十代半ばのこと——と思っていましたが、確かめてみたら、そのとき、もう七十歳を超えていました。

ずいぶん、気持ちが若返っていたのですね（それも「戦メリ」効果）。

映画の舞台は、太平洋の南の島。

日本軍の捕虜収容所の所長である青年将校が、坂本龍一。捕虜になる英国人パイロットが、デヴィッド・ボウイです。

絶望と暴力が支配するその島で、ヨノイとセリアズは、ぜったいに理解し合えないはずの二人として出会い、互いにひそかに魅了されます。

生涯最後の行為として、ヨノイのほほに接吻をするセリアズ。

ヨノイは、彼の接吻を受け、恍惚として、ついに失神するのです（嗚呼！）。

その戦争は、わたしも知っているあの戦争のはずですが、それがわたしの生きた時代のことだなんて、いつもすっかり忘れています。

それはわたしにとって、ひたすらに美しい幻想譚でした。

収容所のある島も、地獄であると同時に楽園でもあるような、そう、ちょうど夢野久作の『瓶詰の地獄』の舞台のような、童話めいた絶海の孤島として、イメージされているのです。

## デヴィッド・シルヴィアンやプリンスのライブにも行きました

ヨノイとセリアズの接吻シーン。

あれくらいの身体接触で、あそこまでテンションが上がったのがふしぎです。

わたしも、たしかにウブでしたが、いまと八〇年代の違いもあるでしょう。

テレビの歌番組での、キョージュ（坂本龍一）とキヨシロー（忌野清志郎）のキスシーンも、衝撃的に思えたあのころです。

ジャパンというバンドの、デヴィッド・シルヴィアンのライブにも行きました。彼は、坂本龍一と愛し合っているにちがいないと、当時、信じていたので。

プリンスのライブも、横浜スタジアムまで見に行きました。

プリンスや、マイケル・ジャクソンの、よく動く細い脚といったら！

彼らは、まさにアステアの再来。あの脚さばきが大好きでした。

## 美しい男性たちの映画にはまる

ハッピーエンドの映画は見ません。

以前は、日本映画は身近すぎてイヤ、アメリカ映画は能天気すぎてイヤ、とヨーロッパものばかり見ていました。

『ベニスに死す』（一九七一年）のビョルン・アンドレセンを見るために、茨城県の名画座まで行ったこともあります。

『モーリス』（一九八七年）も、男性どうしの愛を描く映画。

モーリス（ジェームズ・ウェルビー）、クライブ（ヒュー・グラント）、アレック（ルパート・グレイヴス）と、三人の極めつけに美しい男性が登場しながら、直接の行為を描くことのない、清純な映画です。ラストシーン、モーリスの唇が濡れて光るさまが、すべてを伝えていて美しかった。

この映画、観客の八十パーセントが二十代の女性で、あとは若い男性と、少数のその他だったそう。

わたしこそは、その「少数のその他」。場内が暗くなってから席につき、エンディングクレジットの途中で席を立つという恥に堪えながら、横浜のはずれから銀座まで、くりかえし通いました。

『アナザー・カントリー』（一九八四年）も、モーリスと同じく、清く美しい愛の映画。同性愛が犯罪だった時代のイギリスの、パブリックスクールが舞台です。

夜、櫂を流したボートで、ベネット（ルパート・エヴェレット）の胸に、ハーコート（ケアリー・エルウィズ）が胸を埋めるシーンで、館内に「ジワ」が来ました（「ジワ」は歌舞伎でいう、場内の無言のどよめきのこと）。

# ヒースロー空港で見た金髪の美青年二人

映画のような、美しい二人を、イギリスの空港で見かけたことがあります。

夫の死後、百日もたたないのに、海外旅行へ行きはじめました。ゴメンなさいね、わたしが長いあいだシンボウしたのだから許してね、とあやまりながら。

エジプトで、すごいような満月を仰ぎながら、お友だちが言いました。

「ちょっと聞くのだけど、あの月は、私たちの日本で見ていた月と同じなんでしょう?」

給油のために、ヒースロー空港に三時間ほどいました。だれもが所在なくすごす空港のロビーで、金髪の美青年が二人、ベンチで、おたがいの体に手をまわし、抱き合うように眠っていました。それは、映画『アナザー・カントリー』のボートのシーンそっくり。ほんとうにきれいでした。

# ピース又吉さんと栗原類さん。いまわたしが夢中なお二人

いま、夢中なのは、栗原類さんと、ピースの又吉直樹さん。

わたしが好きなのは、まず、お二人の眼の美しさ。

大きな黒い瞳と、そのまわりの白目の部分がすきとおるように澄んでいて、森のなかのしずかな湖のようです。

テレビのなかの人でありながら、いつも醒めていて、自分の内側を見つめている眼です。


又吉さんの『カキフライが無いなら来なかった』というご本（自由律俳句集！）のなかに、好きでたまらないエピソードがあります。

又吉さんは、たとえトイレが目的で百貨店などに入っても、トイレには直行

しません。いったんは、興味ありげに売り場を見て、品物にちょっと触れたりするのだそうです。それから、トイレへ行く。

うっかりまるで用のない店に入ってしまったときも、又吉さんは、すぐ出て行くことができない。「この店何時までですか？」と質問をし、外に出てからも「いい店だな」という思い入れで、看板を見上げたりする――というのです。

この方の、気づかいしすぎる内面に、わたしは、大笑いしながら涙が出る思いです。厚かましいのですが、わたしと似ているかもと思ってしまい、いまのエピソードなどすっかりおぼえて、空《そら》でしゃべれるようになりました。

又吉さんの書評の本『第2図書係補佐』の目次に並ぶ本も、わたしの好きな本ばかり。

「（…）心血注いで書かれた作家様や、その作品に対して命を懸け心中覚悟で批評する書評家の皆様に（…）」と、前書きに書かれていて、この「作家様」という言い方にこめられた思いも、わたしは「わかるわあ」と思ってしまうのです。

栗原類さんは、クリムトの描く女性にそっくりです。男性も女性もかなわない、飛び抜けて美しい外見をもちながら、すぐ「僕なんかダメです」というふうに、おっしゃって、とてもネガティブ。

でも、下手《したて》に出る人は、ほんとうはプライドが高いのです。わたしが嫌いなのは、えらい人といばる人ですから、又吉さんの気づかいや栗原さんの自己否定は、男性として、とても好ましい性質に見えます。いばる人ほど中味はからっぽで、すぐ傷つく。そういうのは、ほんとうは「プライドが低い」というのでしょう。

栗原類さんは、自分では「僕なんか」と言いながら、人には絶対それを言わせないよ、という、気位の高さが見えるところがいいのです。

わたしも、他人様《ひとさま》には百パーセントの敬意をもって、ていねいの上にていねいを重ねて接するほうなので、こっそり共感です。

ぜんぜん笑顔を見せなかったり、いつもユニークな帽子をかぶっていたり。
自分の美貌をおもちゃにする仕方を知っていて、類さんはとても賢い。
まだ十八歳の彼ですが、わたくし、尊敬しております。

# カステラ箱いっぱいまで貯めた映画スターのブロマイドが、ある日

小学校三年生のとき、友だちの兄で法政大学の学生だったおにいさんに勉強を見てもらっていたのですが、その人が、よく映画に連れていってくれました。

友だちとおにいさんと三人で、毎週のように、四谷の荒木町（現・新宿区荒木町）にあった第四福宝館という映画館に出かけました。

新宿まで足を伸ばして、武蔵野館。ここにもよく行きました。

観るのは、チャンバラから新派悲劇、チャップリン、リリアンとドロシーのギッシュ姉妹など、和洋とりまぜて。

すべて無声映画です。声や音楽がある「トーキー」が登場するのは、やっと、わたしが成人するころでした。

小学生のわたしが傾倒したのは、リチャード・バーセルメス。リリアン・ギ

ッシュと共演した二枚目の活劇スターです。

それから、片岡松燕《しょうえん》。

松燕はすばらしく美しい俳優で、尾上松之助の映画に美青年役で出ているのを見て、ひと目で好きになりました。

松燕は、もともと女形《おんながた》だっただけに、繊細で、ともかく美しい。忠臣蔵の映画で、尾上松之助が大石内蔵助《くらのすけ》役、片岡松燕が大石主税《ちから》役だったといえば、どんな俳優だったか、おわかりいただけるでしょうか。

いまから思うと、美しいだけの平凡な二枚目です。少女の好みなんて、そんなものでしょう。

愛称は「燕《えん》さま」。寝ても覚めても一日中、「燕《えん》さま」が心を離れず、ブロマイドを、カステラの箱いっぱいになるまで、集めました。

流し目の長谷川一夫がライバルで、だから、わたしは長谷川一夫が嫌い。チャンバラが強い「目玉の松ちゃん」（尾上松之助）は、むしろ尊敬の対象でした。

ある日のこと。

学校から帰って、庭に回ると、地面からうすけむりがあがっています。

見ると、箱いっぱい集めていた「燕《えん》さま」のブロマイドが、すべて焼かれたあと！

半焦げで残った数枚が、無残にけむりをあげていたのでした。

父のしわざです。

泣いて怒ったけれど、ブロマイドが返ってくるわけでなし。

父にしてみれば、「こんなものに熱をあげていないで、ちゃんと学校の勉強をしなさい」という理屈でしょう。

でも、なにも焼かなくてもいい。

あれは父の「嫉妬」だったにちがいないと、思っているのです。

# いま日本人でいちばん美しいのは海老さまこと市川海老蔵

いま、日本人でいちばん美しい男性は、市川海老蔵、海老さまではないでしょうか。顔立ちといい、プロポーションといい、非の打ち所がない。

性格が、また役者らしくて良いのです。

悪くて、純情で。

性格が良いといっても、ご本人と交際するわけではありませんし、わたしが好きになるのはその男性のルックスです。つまりは「性格が顔に出ている」ような、その悪そうで純情そうな、見た目がいいということ。

松田龍平の三白眼《さんぱくがん》を愛《め》でるのも、そういうことです。

海老さまは、これから、亡くなったお父様を継いで、ますます男っぽい荒事《あらごと》のほうへ行かれるのでしょう。

けれど、わたしは、いまの海老さまの、男っぽさと若々しさの、あやういバランスを愛するものです。

## 三島由紀夫は、一所懸命で、ぶざまで、美しい

三島が聖セバスチャンに憧れて、写真家に撮らせたヌード写真集が、書棚の手の届くところにあります。もともと短軀で貧相なからだつきだった彼が、ボディビルでつくった、筋骨隆々たる体がほほえましい。

三島由紀夫という人は、彼の同性愛やコンプレックスや何もかもを含めて、そのアンバランスが美しいのです。それがなければ、英雄願望の普通の男性でしかないでしょう。

一所懸命で、ぶざまであることは、とても美しい。

わたしは、AKB48の少女たちが歌い踊るのを見るのも大好きです。自分だって、お客様が家に来る前には、床のゴミを拾って歩いたりしますからね。何をするにも一所懸命がいちばん。

三島が自決したときの、自衛隊総監室の床に置かれた彼の首の写真を、とりだして眺めることもあります。彼を介錯し、その後を追って割腹した森田必勝と、三島の、二人の愛のことを思って。

まず、右翼少年だった森田が、年長の三島に傾倒して、三島もそれに応えた。二人にじっさいの行為があったとしたら、三島が誘惑して、森田が応えたのでしょう。森田が同性愛者でなかったとしたら、それは、どれだけの抵抗を乗り越えてのことだったか。

男性が、男性の肉体に感じる性的欲望が、わたしにはうまく想像できないのですが、人間の心が求め合い、一つになることは、美しいことです。

二人の愛が、肉を介するものだったとしても、そうでなかったとしても、それは、清浄な、天上の恋のようなつながりではなかったか、と思うのです。

## 仏像よりダビデ像！
## ただ、うっとりと思っていたい

白人の肉体的な美の優位に、東洋人はかなわないという気がします。東洋の仏像よりも、圧倒的にダビデ像！　ルネッサンス期の彫刻が美しいと思うのです。

もっとも、これは、わたしがぽっちゃり型の男性より、骨ばった人が好みだからかもしれません。さいきんはあまり流行りませんが、すこし毛深いのも、すてき。

男性の「見た目」の好みをいろいろ書いてしまいましたが、わたしは、ただ、彼らのすばらしい様子にあこがれて、うっとりと思っていたい。それだけなのです。

それは「腐女子」の人たちの同性愛幻想に、女性が登場しないことと同じだそうですね。たしかに、そこに女は、参加しないほうがいいなあ。

ところで「腐女子」のみなさんは、現実の同性愛に興味を示さないことが多いそうですね。わたしは、同性愛の現実が知りたくて、『薔薇族』その他の資料を渉猟《しょうりょう》していたこともあります。

あまりにも、美しくなくて、やめてしまいましたが。

## 中年も美しい。
## 男性のこっけいさも鑑賞対象

近ごろは、テレビの二時間ドラマに登場する、脇役の男性などから、眼が離せなくなることもあります。

その人が磨いてきた、芸の力とも、人の力ともいうべきものに、惹かれて、美しいと思うのです。

人間として成熟した、中年男性は、とても美しい。

昔の三國連太郎。その子どもの佐藤浩市。舘ひろし。テレビでちらりと見た大王製紙社長(その歩く姿勢)、俳人・安井浩司、サッカーのベッカムｅｔｃ。

さいきん、自分にとって、あまりにカンペキな人は、おもしろくないのだということも、わかってきました。

あのヨノイ坂本龍一だって、ちょっと受け口なところが、よかったのです。

だから、多くの芸能人の方が、その人の見た目のいちばんの美点を、整形で直してしまうのは、本当にざんねんなこと！

どこか、こっけいなところがある人が、いいですね。

男性は、その人のこっけいさも含めて、鑑賞対象であり、美しい。

# 4

# 麴町六丁目七番地

記憶は、編年体でよみがえることをせず、
あちらこちら固まりとなって現れます。

# 七歳のとき、父が「おもしろいものを見せてあげよう」と

あれは何だったのだろう。

わたしは七歳。夏の日のことでした。

「まあちゃん、おもしろいものを見せてあげよう。おいで」

父は、そう言い、わたしを台所へ連れていきました。

ぴかぴかに黒光りする板の間に、戦前の家庭ならどこにもあった、長さ三十センチ、直径五ミリくらいの鉄の火箸を手にして、父は胡坐《あぐら》を組みました。

「よく見ておいで」

目を閉じて口のなかで何か唱えていた父の、一本の指が火箸の中央にかかったかと思うと、たちまちそれは、まさしく直角に折れ曲がったのです。

家には母もお手伝いもいず、父と二人きりでした。

「お母さんには黙っておいで」

やがて、庭のほうからカンカンという音が聞こえてきました。

それは、父が、曲がった火箸を沓脱石《くつぬぎいし》の上で叩いて、元どおりに伸ばしている音でした。

父の死後、ある日、このことが不意にわたしの脳裡に甦ったのです。

きっかけが何であったか、おぼえがありません。

何十年というあいだ、父とわたしのあいだで、そのことはただの一度も話題にのぼりませんでした。

そんな不思議な出来事を、なぜ、忘れてしまえたのだろう?

なぜ、母に黙っているように、父は言ったのだろう?

わたしは頑《かたく》なまでに、「理外の理」というものを、信じない人間です。

「大いなるもの、魂と名づけられるもの」の存在を信じることもできません。

たとえば、ヒトの胎内で、虫けらのようなものがたった十か月間でヒトになること、けものや鳥や魚や虫や木や花がすべて生きていて、それらが種の存続のためにおこなうさまざまな行為。それらを目のあたりにするとき、鳥肌がたつような感動をおぼえます。

でも、それはただ「在《あ》る」ことの不思議に対する感動であって、「大いなるものこれを為す」という感動とは、ちがいます。

いささか憚《はばか》られる話題ですが、おトイレに入っているときも「わたしは、なんというすごいことをしているのだろう。こんなことが、どうしてできるのだろう」と舌を巻きます。

舌を巻きつつ、「神が在るから、無神論者たり得る」という言葉を、呪文のように唱えるのです。

しかし、でも、ああ、あの金火箸をどうしよう。

この目でしっかりと見た、あの夏の日の出来事を。

——後日談。

一度だけ、父に、謎解きをお願いしました。すると父は、あれは呪文をとなえるんだよ、と言いました。

「どんな?」

「アビラウンケンソワカ。アビラウンケンソワカ……」

密教の「真言《しんごん》」です。子どものときは、ふうんと感心しながら聞いていました。

けっきょく、謎は謎のままです。

## 四ツ谷駅の向かい、銀行員の父が建てたわが家

子どものとき暮らしていたのは、東京の四谷区南伊賀町（現・新宿区若葉）。女学校のころに、麴町区麴町六丁目七番地（現・千代田区麴町）の、借地に父が建てた家に、引っ越しました。

麴町の家は、いまのＪＲ四ツ谷駅の新宿通りをへだてた向かいあたりで、現在は上智大学の敷地の一部になっています。

南伊賀町の家は、平屋で、六畳に、四畳半が二つ、玄関に三畳の部屋がついていました。

麴町はそれより広くなって、玄関を入ったところに十畳の客間、六畳間が二つ、四畳半の女中部屋、それに二階に二間《ふたま》という間取《まどり》。

庭は、板塀が間近にせまる、いわゆる猫の額《ひたい》でした。

人の出入りの多い家でした。

父は、さる信託銀行の不動産部にいたので、仕事関係の人たちだったのでしょう。毎晩のように来客があったものです。

暮らし向きは派手なほうでした。

父は、ふつうのサラリーマンで、それなりの月給はとっていたのでしょうが、仕事柄「副収入」もあったのではないかと……よくは知りませんが。

株をいじっていた時期もありました。

なんにしても、むかしの話です。お見逃しください。

## 関東大震災を九段坂から見物していた父

関東大震災は、十二歳のとき、大正十二年（一九二三年）九月一日の正午ごろ。

その日は土曜日で、家にいました。

揺れているあいだじゅう「おかあさん、こわい、おかあさん、こわい」と叫んで、母に抱きついていました。

ところが、揺れがおさまると、へんなことを思いつきました。

「こんなとき、わたしは、どんな顔をしているんだろう」

無事だった掛け鏡の前まで行って、自分の顔をたしかめました。

ふつうの顔をしていました。顔色はどうだったか、記憶にありません。

わが家は無事。近所にも、それほどの被害は出ていないようでした。

しかし「自警団」なるものが結成され、外は騒然として、ものものしい。

そんななか、父は、わざわざ九段坂上まで行って、そこから火の海になった下町を、高見のなんとやらとばかりに、遠眺めに、眺めてきました。

家に戻り、興奮して「すごい、すごい」と繰り返す父に、母は烈火のごとく怒りました。それは、そうです。

父は、けっきょくこの地震で、経営していた自転車の工場がだめになり、銀行員に転身することになるのですから。火事見物は、家長としても経営者としても、ほめられた態度ではありません。

その晩。みんなで、外に戸板を並べ、その上に布団を敷いて寝ました。

余震を怖れてのことですが、オトナたちは、すこし非常事態を楽しんでいるように見えました。大きな被害のなかった山の手の、麴町あたりでは、そんな雰囲気だったのです。

地震のために十万人以上が亡くなったことも、江戸川乱歩の「押絵と旅する男」に登場するあの「浅草十二階」が崩落したことも、もっとあとから、知ったことでした。

## 当時はふつうの家にも「ねえや」「ばあや」がいました

戦前は、とくに裕福でないサラリーマン家庭にも、ふつうに、女中さんがいました。

当時の呼び方は、若い女中さんが「ねえや」、中年以上なら「ばあや」。本人に向かって言うときは、「ばあや」は「ばあや」ですが、「ねえや」は、名前に「や」をつけて呼んでいました。「はな」という名なら「ハナや」、「さよ子」なら、「サヨや」。これは、どの家でも同じだったと思います。

「ねえや」の年は、小学校を出たてくらいから、十五、六、七歳くらい。

若い「ねえや」に、父がやさしくすると、母がやきもちを焼いて、夫婦げんかになります。そして、母が「ねえや」に当たり散らすので、うちでは「ねえや」が、長続きしませんでした。

## わがままでかわいい母、母のすべてを受け止めていた父

母は、食事のとき、わたしに、箸の上げ下げからおかずを食べる順序まで、口うるさく注意するような人でした。すると、父が「おまえ、ごはんのときは、やめようよ」とおだやかな口調で諭《さと》すのです。


父は、群馬県の旧家の三男坊で、とてもやさしく家庭的な人でした。

小さいころ、わたしは、よく、お酒を飲んでいる父の胡坐《あぐら》のなかにすっぽりと座り込んで、甘えたり、なにか食べさせてもらったりしていました。

「まあちゃんは、かわいいね」

お酒のはいった父は、いつも、わたしをほめてくれました。

母は、山口県の大きな農家の長女で、家のことはすべて思いどおりにしたい

という人でした。

父がわたしをかわいがりすぎると言って、怒ることもあったのは、母のやきもちだったのでしょう。

そして、父と母は、けんかをしてもすぐまた仲良くなるのです。父がりこうなのですね、きっと。

あるとき、父が、わたしにしみじみと言いました。

「お父さんは、お母さんに怒られてばかりいるけれど、尻に敷かれているわけではないんだよ。お母さんは、お父さんしか頼るもののいない、かわいそうなヒトだから、やさしくしてあげなければ、いけないんだ。……だから、まあちゃんは、お父さんのことを軽蔑しないでおくれ」

父のような人と結婚できた母は、幸せだったと思います。

ほんとうは、わたしも、お父さんのような人と結婚したかった。

# 寄席に出ていた同級生のこと、初恋のイケダジロキチさんのこと

子どものころ、一家そろって、寄席へ行くのが楽しみでした。

家から新宿通りを十五分ほど歩いたところ、当時は四谷大横町といった盛り場（現在の四谷三丁目あたり）の、「喜よし」という寄席に行くのです。

当時は、東京の町中《まちなか》ならどこでも、歩いて行ける距離に寄席があったのです。

寄席がはねると、わたしたち常連は、他の客とは別の出口から出ます。入り口で脱いだ靴や下駄は、そちらにもう運んであって、下足番《げそくばん》のおにいさんが「はい、どうぞ」と揃えて置いてくれる。

これがちょっとイナセなかんじの、いい男。わたしも、小さいながら心が弾みました。

小学校の同級の男の子が、前座として高座に上がるのを見たこともあります。あれは六年生のとき。「今日、行くわよ」と、前もって言っておくと、その子は、二階席にわたしがいると知って、舞台で「ジュゲム・ジュゲム・ゴコーノスリキレ」と声を張りあげながら、ちらっと、こちらを見るのです。

あれは、よかったなあ。

客席の誰にも気づかれず、自分だけが、目で合図を送られる。そんなことが、なんともいえない快感でした。

歌舞伎も、毎月いちど、観にいきました。十五代市村羽左衛門《うざえもん》が、ほれぼれするくらい美しかった。フランス系アメリカ人の血が混じったハーフと知って、合点がいきました。

わたしは、小さいころから一貫して、いまでいう「美形」好き、「メンクイ」だったようです。

初恋の相手も、どこを好きになったかというと「顔」。

イケダジロキチさん。風呂屋の息子でした。

九十年も前のことなのに、名前もお顔も、はっきりとおぼえています。

組には、勉強ができる男の子も、運動ができる男の子もいましたが、ジロキチさんは、そうではなかった。ルックスが魅力だったのです。


小学校は、近所の公立です。

海老茶の袴《はかま》を胸高《むなだか》につけ、長い髪を三つ編みにして、背中に垂らします。学年には三つのクラスがあって、男組、女組、男女合組《ごうぐみ》。わたしは男女合組でした。

おさげ髪を、男の子に引っ張られて、泣きました。

いじめというのでは、ありません。

いつの時代も、男の子の女の子への関心のあらわしかたは、そういうふうだったのです。

## 幼くして、美人はトクだと思いました

十一歳の春に、英国のエドワード皇太子が訪日。国中が歓迎ムードに包まれました。大正十一年（一九二二年）のことです。

エドワードは、その後、離婚歴のあるアメリカ人女性と結婚するため、即位した年に王位を投げ出し、世界中の話題になりました。

さて、「そうなる前の」エドワード皇太子を、東宮御所（現・赤坂迎賓館）にお迎えするために、近隣の小学校から子どもが集められました。当時は、パレードがあると、子どもが動員され、沿道で小旗を振る役をするのです。

それと別に、東宮御所の敷地内で皇太子をお迎えするのに、クラスから女の子が二人選ばれました。

そのうちの一人が、なんと、わたし。

東宮御所に入れて、王子様にお目にかかれることが、それは楽しみで、うきうきと晴れの日に備えました。ところが、どういう事情か、お迎え役はひとりに絞られることになり、わたしのほうが落選しました。

もうひとりの候補だった彼女が、美しすぎたからです（と、わたしは信じています）。人力車の会社を経営する、今でいうタクシー会社の家の娘で、評判の美少女でした。

「やっぱり顔がいいのは、トクをするのだ」と、身にしみて思いました。

ところが、その後。

彼女は、父の会社の車夫の若者に、刺されて命を落とすことになります。若者の横恋慕か、いや、ほんとうはなにかあったのか。どちらにしても、新聞をにぎわせた大事件でした。

美人に生まれるのも、いいことばかりではないらしい。

それでも、わたしは、生まれかわれるなら、ぜったい美人に生まれたいですが。

# 校内で映画・芝居の話をしてはいけない、という女学校

十二歳で進んだ三輪田高等女学校は、三輪田眞佐子が開いた、日本初の私立女学校でした。

校則がとても厳しい。良妻賢母をつくるのが女学校の仕事でしたから、三輪田だけが厳しいわけではなかったのでしょうけれど。

『映画・芝居などは保護者同伴でないと行ってはいけない』

これはまだわかります。わからないのが、この校則。

『校内で映画・芝居の話をしてはいけない』

?? ?? ?? そんなルール、守れるわけがない。

「金子さん、あなた、映画の話をなさったそうね？」

たびたび職員室に呼ばれ、お叱言《こごと》をいただきました。

それでも、映画やお芝居の話は、どうしてもしたい。

観劇の翌日は、わざと水白粉《おしろい》をえり足などにのこしておきます。

「金子さん、きのうお芝居、観に行ったんでしょう?」

「観てないわよ」

「うそ、ここに、お白粉《しろい》、残ってる」

そんなやりとりをきっかけに、話に花を咲かせるのです。

すると、だれが密告するのか、また職員室から呼び出されます。

ひとりで話ができるわけもなく、かならずお相手がいるんですが、叱られるのは、わたしばかり……きっと、首謀者とみなされていたのでしょう。

小学校のとき全「甲」だった成績も急降下して、国語以外はすべて「乙」。先生の名前も(国語以外は)おぼえず、卒業まで「地理の先生」「英語の先生」と呼んで通しました。

けっして反抗的ではないのですが、非順応型の生徒でした。

# 浅草なら米久。父と待ち合わせての外食は丸ビル

家族で外食をするのも、楽しいことでした。

「ミルクホール」で、ホットケーキのようなものを食べたり、父の職場が丸ビルだったので、待ち合わせて、丸ビルのなかの店ですませたり。

浅草は、浅草寺《せんそうじ》へのお詣《まい》りくらいで、盛り場の六区のほうまでは行きませんでしたが、米久《よねきゅう》で、牛鍋を食べるのが楽しみでした。

ああ暗い煮詰まっているぎゅうとねぎ

さいきんつくった句ですが、これは米久の思い出から、できた句。

九十年も前のことが、あるときふっと句になったりするのです。

## みんなは「清く正しく」。
## わたしばかりが「悪くてあやしい」

毎晩のように、来客がある家でした。

オトナが集まりオトナの話をしている居間に、子どもの居場所はありません。

ひとりで部屋にこもって、好きなだけ、本や雑誌を読んでいました。

本屋さんは「ツケ」買いなので、小さなわたしでも、雑誌や本が買えたのです。

絵本や、『赤い鳥』などの童話雑誌からはじまって、『少女倶楽部』『令女界』といった少女雑誌に進み、『キング』『講談倶楽部』『譚海』のような大人の雑誌は、そのへんにあるものを、こっそり。

父に、「接吻って、なあに?」と聞いたことがあります。

本を読んでいたら、お姫様に王子が百回接吻すると魔法がとける、という場面が出てきて、この「接吻」というのがわからない。

父は、笑って答えてくれませんでした。

女学校に入ると、乱読に拍車がかかります。

円本《えんぽん》という一冊一円の文学全集が、大ブームになり、両親の買った日本文学全集、世界文学全集を、わたしは端から読んでいきました。

さらに夢中になったのは、探偵小説雑誌です。『新青年』は、モダン。『苦楽』は、より猟奇的。しゃれた意匠と、強い刺激が売りもので、読者はほとんど男性だったでしょう。

そういう雑誌や本を、月に何冊も、小学生のころと同様、ツケで買うのです。両親は、月末の支払いのとき、明細を見たりしませんから、それはもう、好き放題に。

ポー、ヴァン＝ダイン、夢野久作、それから龍胆寺雄《りゅうたんじゆう》という、いまではあまり知られない作家など、犯罪や異常心理をテーマにしたものだったり、きわどい恋愛ものだったり。良妻賢母とは、ほど遠い読書傾向です。

そんなものに夢中になっていましたから、わたしは、女学校時代、お友だちが、ひとりもいませんでした。

学校のお友だちはみんな、「清く正しい」、少女雑誌しか読まない人たち。わたしひとりが「悪くてあやしい」人。

そういう、劣等感と優越感のないまぜになった感情が、ずっと、わたしの人生につきまとうのです。

# いつしか、あれは「お偉い」方が書くもの、と

「まあちゃんは、ぜったい、上の学校に行けよ」

そう父に言われて育ちました。

自分たちがインテリではなかったから、両親は、わたしを、上の学校に行かせたかったのだろうと思います。

女学校卒業後の進路として、「津田塾」を考えていました。いまの津田塾大学は、当時「津田英学塾」といって、わたしの家の、新宿通りを隔てたすぐ向こう側にあったのです。

ところが、受験が近づいたころ、肺尖カタル（肺結核の初期）にかかってしまい、進学はかないませんでした。

勉強は、国語が得意で、ずっと図書係を用命されたくらい。

英語も、まあまあ。あとは、さっぱり。

授業中、『リア王』の一節を訳しなさいと言われ、朗々と俳優のような口調でやり、クラスが一瞬の沈黙のあと……大爆笑。そんなこともありました。


将来の夢は小説家。

ところが、いざ書こうとすると、二行より先に行かない。

脳の記憶を司る「海馬」の関係でしょうか。あんなに本を読んだのに、わたしのアタマには、小説のための語彙も物語も定着しなかったようなのです。

いつしか、あれは「お偉い方」が書くもの、自分は読ませていただくだけで満足、と思うようになりました。


小説は書けないのですが、なぜか、俳句なら書ける（かろうじて）。

俳句には、二行目がないからでしょうか。

## 出征する若者の壮行会。父が芸者さんを呼びました

戦地に出征する若者五人を、うちに泊まらせたことがありました。

国にそういう制度があったのでしょうか。とにかく、彼らは、わが家の二階に、一週間ほどおりました。

明日は出征という夜、荒木町から芸者さんが三人きました。

父が呼んだのでしょうけど、陸軍省がそこまでしろと言っていたかどうかは、わかりません。

二階にお膳を運ぶのは母とねえやでしたが、わたしも手伝いに上がると、お座敷遊びの唄が聞こえます。

「浅～いか～、浅～いか」「深～いぞ～、深～いぞ」

障子を開けると、芸者さんがちょうど裾をたくしあげているところでした。

川が深ければ、高く裾をあげるというしぐさで、芸者さんの白い脚があらわになるのです。

途中まで開けた障子をまた閉めて、びっくりして、降りてきました。

若者五人は、無事、戦地から帰ってきて（といっても、一人はマラリアでたいへんでしたが）、そのときもわが家に立ち寄りました。

# 疎開先にお雛様をもっていき、文句を言われました

太平洋戦争がはじまったのは、娘が生まれた翌年、三十歳のとき。三十四歳で終戦になるまで、小さな娘をかかえて、戦時をすごしたことになります。

空襲警報が聞こえたら灯りを消します。真っ暗な部屋の押入のなかで、娘をあやしながら、懐中電灯で本を読んでいました。B29は通過のみ。「円本《えんぽん》」の『現代日本文学全集』のオレンジ色の表紙は、わたしの記憶のなかで、空襲警報とセットになっています。

その後、俳句で知り合った赤坂の老舗和菓子屋のご主人も、同じクチで、空襲が来ると、家の中に掘った防空壕に入って麻雀をやっていた、なんて言って

いました。

その人が、お米もお酒も不自由なしだったというのは、お菓子屋さんだったからでしょう。

戦中戦後の時代を気楽にすごした、運のいい人たちが、まわりに多かったのです。

そうはいっても、戦時は戦時。わたしも「大日本国防婦人会」の地域の副団長として、バケツリレーなどに精を出してもおりました。

ちなみに母は「愛国婦人会」という、上流の婦人連。ひとつの家族のなかで、母とわたしはべつべつの「階層」に属していたらしいのです。

一九四四年の冬には、父の生地である群馬県沼田市の親戚の家に疎開しました。

主人は東京に残り、防衛召集といって、空襲警報があったりすると、かり出されて町内の見回りに行くだけ。戦地には行っていません。

疎開先では、お茶碗ひとつも先方のものを借りるようなくらしをしながら、東京からお雛様や写真のアルバムなど生活に関係のない荷物ばかりを持ってきていて、だいぶ文句を言われました。

三月十日、十万人が亡くなった東京大空襲のことを、わたしは沼田で聞きました。そして、五月二十五日の山手大空襲。

麴町六丁目のわたしたちの家は、すべて灰になってしまいました。

でも、お雛様とアルバムは残ったのですから、わたしの判断は、そうまちがっていなかったと思うのです。

## 釣りにのめりこんだ父。その影響を受けたのが主人

戦後、東京は焼け野原に。一家は、元の家があった麹町から、千葉へ、さらに世田谷に移りました。

ほんとうなら、麹町の家の借地権というものがありますから、郊外に代替地のひとつももらって、家を建てればいいはずです。ご近所に住まわれていた方は、みなさん、そうされました。

ところが、父はなにをうっかりしたのか、代替地をもらわなかった。そのことで、母はよく父を責めました。

父は、そんな母を軽くいなしながら、朝晩、釣り三昧という日々で、釣り仲間から「金子翁」なんて敬称をいただくくらいの精進ぶりでした。

その影響を受けたのが、主人です。

いま住んでいるところは、海から一キロほどの高台で、坂道のところどころから海が見えます。

この土地は、主人が、朝、勤めの前にちょっと海釣りに行けるからという理由で、なかば勝手に決めて、越してきたのです。

主人は、海の近くの暮らしが、それは楽しそうでした。

……自分は、魚を食べない人なんですけどね。

# 5

# フマジメとマジメ

享楽的であることと倫理的であることは
両立しないのでしょうか。

## 愛することがツラい、などと思っていたから、罰をくだされたのです

はじめの子どもを、わたしは死なせています。

失くした、ではなく、死なせたと書くのは、わたしが、食べさせてはいけないものを食べさせ、それが原因で疫痢《えきり》になって死んだからです。

その子、健一の死から十カ月経って、わたしは第二子をみごもりました。わたしは、妊娠が判明したその日から、生まれてくる子の「育児日記」をつけることにしました。

それをここに書き写すことにします。

……鈴木博士を訪ね、妊娠と告げられる。二カ月に入ったばかりの由。待ちに待ったこの日！　自分はもとよりパパの喜び、ひとかたならず。私としても

ようやく生きる目標を得た。

前途に希望を感じられずにきた。可愛い健一を失って、はや十カ月。筆にも言葉にも尽くせない悲しみのなかですごしたこの十カ月！

健一の生前は、子どもというものの余りの可愛さに、苦しいほどの気持ちでいたため、子どもは一人でたくさんだと思っていた。この気持ちのなかには、子どものために自分の生活をすべて奪われてしまうとの不満が含まれていたにちがいない。子どもの一顰一笑《いっぴんいっしょう》にこんなに一喜一憂していたら堪《たま》らない、などという利己的な気持ちになったのも、偽りない事実だった。

楽しいけれど辛いのだ。この苦しみから逃れたい気持ちがときに起きるほど、それほどベストを尽くした愛し方をしてきた揚句《あげく》、健一の死にあったのだ。

掌中の宝を奪われて目がさめたように愕然とした！　愛することが辛いなど と、なんという贅沢なエゴイストだったか。愛することが重荷などという不遜な気持ちに対して、神が罰を下《くだ》し給《たも》うたのだ。

子どものために苦しむ生活のなんと生き甲斐のあることだったかと、愛児の死によって初めてはっきり知らされたとき、私は狂気のように子どもが欲しいと願い始めたのだ。

そして今とうとう、その望みが達せられる。健一の死が私を目覚めさせるための犠牲だとすれば、なんという大きな犠牲だろう。「健チャン、許してね。ママは悪い人だった。ママのためにあなたはいじらしくも死んでくれたのね」とあやまりつづけている私なのだ。……

この文章のスタイル、恥ずかしいなあ。

## 夫はベッドをのぞきこんで曰く「デカい鼻だな」

育児日記からの書き写しを続けます。

……生まれてくる私のかわいい赤チャンよ！　あなたが将来多少でもママに感謝するようなことがあったら、それはみんな、健一兄様のお蔭と思ってくださいね。

どうか元気に発育してください。分娩予定日は来年の二月二十日。あと八カ月余りの月日がとてももどかしい気持ちでいます。

健チャンそっくりの男の子だったらいいなァ、と思っていますけれど、でも、けっして、あなたを、健チャンの代用品だと考えているわけではありませんから、ヒガンではいけません。あなたはあなたとして一個の大事な大事な、かわいいかわいい我が子なのです。

女の子でもよろしい。パパに似た女の子だったら、八千代オバサマ（夫の妹）のような美人になると思って、せいぜいパパに似るように、パパに対して優しい気持ちで暮らしております。

あなたのために、牛乳を飲みリンゴをかじり、新鮮な野菜やお魚を食べて、大きくなれ大きくなれと願って、毎日張り切っている私です。……


以上が昭和十四年七月に書いたものです。

そして、翌年の二月六日、予定より二週間早く、娘は生まれました。

その日の育児日記より。

「体重二五〇〇　胸囲　三一・〇　身長五一・〇　体温……」

「この日記帳は毎日毎日のあなたの偽《いつわ》りのない生活記録です。美しく成人したあなたと共に、この日記を読む時のことを思うと、ママは自《おの》ずと、ほほえまれてなりません」

娘が小学三年生になるまで、この日記は、一日も欠かさずにつけました。

夫が来たのは、娘が生まれてから三日後です（夫はひどい扁桃腺炎《へんとうせんえん》にかかっていました）。

ベッドをのぞきこんで曰《いわ》く、「デカい鼻だな」。

娘と初の対面なのに、こういうことを言う。

「ほんとうのことを言ってごらんなさい」

「え？」

「女の子でがっかりした？」

「がっかりしないよ」

「じゃあ、どう思って？」

「ハハァ、女か、と思ったよ」

「……男の子だったら、どうお思いになる？」

「ハハァ、男か、と思うよ」

夫は、いつもこんな調子でした。

# カンペキは目指さず、ベストを尽くす。負けず嫌いで弱虫

何かひとつのことに集中するタイプのようです。
この何十年かは俳句。ずっと前は子育て。さいきんはブログ。
凝り性の一点集中型ですが、完璧は目指しません。
カンペキを目指すと、苦しくなるとわかったので。

カンペキは目指さないけれど、かならずベストは尽くします。
ベストを尽くさないと、楽しくありませんからね。
でも、人に勝ちたいとは、ちっとも思わない。
俳句でもなんでも、勝ち負けの問題にはしたくありません。

負けず嫌いで弱虫なのです。

麻雀でも、ふりこむと他の方に悪いので、すぐ下りてしまうから、あがれません。でも、麻雀をしていることじたいが、楽しい。

まわりに気をつかいまくる。

自己保身、我が身たいせつ。一人でコツコツ。

気がついたら一〇二歳。

## 金原姓と金子姓。経緯がすこし（だいぶ）複雑です

わたしの旧姓は「金子」。いまは「金原」。

結婚したときは、夫が養子に来たので、姓は「金子」のままでした。

やがて夫は、恋人をつくって出奔。


そして、あるとき、夫は「金原」姓にもどしたい、と言ってきました。

夫の兄は、名の通った経済学の教授です。

ビジネス関係の出版社に勤める夫としては、「金原」姓のほうが仕事になにかと有利だ、というのです。

そういうものですか、と思い、わたしは、夫の除籍を認める書類に判をつきました。法律のことはよくわからないのですが、それで、わたしと夫は、いっ

たん離婚したかたちになったのですね。

母には「なぜ相談しなかった」と、こっぴどく叱られました。

いろいろあって、けっきょく、わたしは、戻ってきた夫と再婚。

そのときは、わたしが、姓を変えました。

娘は、そのころ、夫の勤める出版社に入社しておりましたから、就職後に「結婚もしていないのに姓が変わった人」に、なってしまった……。

娘も、わたしも、そこに、それほどのこだわりはなかったのです。

「金」の字は、たまたま、変わらなかったことですし。

# オカネは大切と思いますが、ほんとうはよく知りません

お金は、とても、だいじなものだと思います。

だいじな子どもをお医者に診せられなかったら、それは、不幸せでしょう。

こんなにおいしいものがたくさんある世の中で、おいしいものが食べられなかったら、それは、だいぶ不幸せと言っていいでしょう。


主人が家を出ているあいだは、母と娘と三人暮らしでした。

ときどき、中古の琴を買ったのが縁でなじみになった道具屋さんから、電話がかかってきます。

「近くに来たので、ちょっと寄ります」

お茶など出して、ひと息つくと、道具屋さんは部屋を見まわします。

「この絨毯《じゅうたん》、もう『よろしい』んじゃないですか」

よろしい、というのは、お売りになってもよろしいのでは？ ということです。こちらが承諾すれば、絨毯がお金に替わる。

替わったお金で何をするのかというと、近くの東横劇場に昼夜通しで芝居を見に行ったり、おいしいものを食べに行ったりしました。

けっきょく、母が生きているうちは母が、その後は、娘が（夫を亡くして戻ってきたので）家計のことを、やってくれています。

よく考えると、わたしは「お金」のことを、あまり知りません。ほとんど、自分の財布というものを、持ったこともないのです。

「お金というものは」というようなことが、言える人間ではありません。

ジャンボ宝くじが、三億五千万円。あれがもし当たったら、あの人にこれをしてあげて、この人にあれをしてあげて、と考えているだけで、二時間くらいは平気でたってしまう。いま、オカネに関して思うことは、それくらいです。

## 家には仏壇があって、亡くなった家族と話します

わたしは、朝晩、仏壇に手を合わせ、父と母に呼びかけます。

「ありがとうございます。これまでどおり、わたしたちをお守りください。なっちゃん、もねちゃん、ママ（娘）を、よろしくお願いします」

これが、現在の祈りのことばです。なっちゃん、もねちゃんという二人のひ孫が生まれる前は祈るということをしませんでした。

主人に話すのも、仏壇の前です。

「あなたはけっこうひどいことをしたわよねえ。でも、わたしもわがままだったから」

しかし、しかしです。わたしは、魂も、来世も、神も、その存在を信じていません。一切、無。そう思います。

## ひとりでいることを さびしいと思ったことはありません

その人間がどのくらいの長さを生きられるかは、生まれるときにすでにプログラムされているともいいます。なるほど。わたしがいま、こうしているのは、わたしの生命プログラムが終了していないというだけのことなのでしょう。

これまで、たまわった命を大切にという自覚もなく、ただ、単純にさまざまなことを不思議がり、おもしろがって生きて来たように思います。

砂糖壺のまわりに、白墨で輪を描いておくと、蟻はそのなかに入ってこない。だけど、なかには場違いなのがいて、入っていく。そいつが新しい文化を作るという話はおもしろい。そういう蟻にわたしはなりたいと、ずっと思いつづけて、こんな年になりました（ここは、笑うところではない）。

わたしは、一人っ子だけれど、ひとりでいることを、さびしいと思ったことはありません。元来、対人恐怖症で、というと、不思議な顔をされるのですが、対人恐怖というのは、一対一になるのがこわいのです。

ところで、わたしは、いちどだけ、夫の顔を平手打ちしたことがあります。激情にかられて、というわけではなく。

なぜか、自分が舞台女優になったみたいな気になって、内心、陶酔してのことでした。

いまは、自分をこきおろすことが、快感です。

## ツカモトクニオを並び替える。ひとり遊びのアナグラム

有名な歌人、塚本邦雄。

その名前「つかもとくにお」を逆から読むと「鬼来《く》とも勝つ」。

バラバラにして並び替えると、「かにとくもおつ＝蟹と蜘蛛落つ」。

うれしくて興奮しましたが、こんなことは、もうみんな知っていて、知らなかったのは、わたしだけかもしれません。

塚本邦雄が週刊誌に持っていた投稿欄に、なんどか、ペンネームを変えながら、投句して採用されました。

シェリー忌の眼球が浮く秋の水　神　しの
縊死の紐とも暁の夏柳とも　上田　彩

# 眠っているあいだ脳は何をしているのでしょう？

わたしたちはなぜ眠るのか……睡眠は二十一世紀に残された謎の一つ……ネズミを眠らせないでおくと二、三週間で死んでしまう。では眠っているあいだ、脳は何をしているか……記憶の整理や増強、消去などが行われているという。

将来モニターにそれら一切が映し出される日が来るかも。

音声付きで。

ところでスペインではモルヒネは駄目で、マリファナはよろしいというのはほんとうでしょうか。

# 白いふわふわの
# 中くらいの大きさの犬

おおかたの少女がそうであるように、わたしも老人にならないうちに死んでしまいたいと思っていました。

それから、あるときふと「老い」に気づくまで、あっという間の月日でした。女々しく執着の深いわたしは、「老い」と、その先にある「死」に、早く慣れなければならない。

そう思った日から、さらに月日が流れました。

毛がゆたかで、あたたかい動物に触れると、オキトシンというホルモンが分泌され、脳の、不安や恐怖をつかさどる扁桃体《へんとうたい》の、活動を抑制するのだそうです。

わたしが、ひねもす抱えてくらす、えたいの知れない不安も、白いふわふわの中くらいの大きさの犬が、そばにいることによって、忘れられるかもしれません。

いや、やはりだめでしょう。このフワちゃんが死んだらと、しょっちゅう思うにちがいないからです。

## ベビーカーが邪魔とかではなくて、赤ん坊を中心に考えればいいんじゃないですか

電車のなかで、ベビーカーを畳むべきかどうかが、論争になっているそうです。

ベビーカーは場所をとって、ほかの乗客の迷惑になるから畳むべき。あるいは、いちいち畳むのはたいへんだから、それくらい許容すべき、という対立です。

ふしぎに思うのは、それが、母親と乗客の問題としてあつかわれているということです。

わたしの判断基準は、弱者を優先すべし、ということ。

このばあいは、赤ん坊にとって、何がいいのか。

それだけで、判断すればいいことでしょう。

むかしはおんぶでしたから、こんな問題も論争も起きなかった。

おんぶは、誰の邪魔にもなりません。冬は赤ん坊も母親も温かいのです。

いいところもたくさんあるのですが、赤ん坊をおんぶしている母親を、見かけなくなりました。

あのおんぶ紐で胸がひしゃげた姿を、若いママに強いるのは酷かもしれませんね。

## 人が褒めてくれるから書く。誰だってかまってもらいたいはず

人にかまわれるのが、大好きです。

「かまってちゃん」という言い方があるそうですが、わたしは、それかもしれません。

こんな年齢《とし》になっても、かまってもらって、うれしいですよ。

俳句だって、読んでくれる人がいなかったら、一文字も書きません。

無人島へ行ったら、俳句はつくりませんね。

人に「褒《ほ》められたい」から書くんです。

そう言いきってしまうと、かえって、格好つけになってしまうでしょうか。

## 四十九歳、ふと魔が差して。
## おそるおそる句会というものに

俳句をはじめたのは、昭和三十五年（一九六〇年）、四十九歳のときです。

一人娘が、結婚して、家から消えました。

夫は仕事と釣りにあけくれ、わたしは好きな読書三昧《ざんまい》。

琴のさらい返しに通ったりもして、一人の気易さを楽しんでいました。

ある日、ふと魔が差したか、ハガキに十七文字を並べ、読売新聞の地方版の俳句欄に投稿しました。

厚物《あつもの》や老女の化粧秘めやかに

こうして、行を変えて書くのさえ、恥ずかしいような句です（前日、明治神宮の菊花展を見ていました)。

「厚物」で菊のつもりだったのですが、これが「白菊や」と、上の五文字を直されて、載りました。俳句の世界では、先生が投句者の句を手直しして採用するのは、ふつうのことです。

マンガならここで「ン?」というところ。

さっそく切り抜いて、手箱に収めました。


それからまもなく、同じ新聞のグループ欄に、こんな呼びかけが載りました。

「主婦ばかりの俳句会『草の実』です。お気軽にどうぞ」

近くで「句会」というものを、やっているらしい。

おそるおそる、出かけて行きました。

神社の社務所の一室です。

机が口の字型に並べられて、中年の婦人が十人ばかりと、指導者とおぼしき男性が座っておられた。

「若葉」という結社に属する俳人で、クリーニング屋のご主人だと、あとで聞きました。

「今日は見学で参りましたので、拝見だけ」

そう言って、尻込みしていましたら、

「なんでもいいからやってみなさい」と言われました。

その日の席題（その場でつくるための題）は「短日《たんじつ》」。

冬、日当たりの時間が短くなるという意味です。

そこで、むりやりつくったのが、こんな句。

短日や片袖縫つて終りけり

これを〈短日の袖縫いかけて立ちにけり〉と、クリーニング屋のご主人の先生に直していただき、「ははあ！」と納得するものがありました。

冬の日が短いから、途中までしか縫えなかった、ではあたりまえ。「犬が西向きゃ尾は東」式の理屈です。

そうとは言わず、日が暮れきったわけでもないのに、縫いものをやめて立ったと書けば、そこに、心理的なものが暗示されます。

思いもよらず、手応えがあって、これか、と胸がわくわくしました。

帰りがけ、先生に声をかけられました。

「あなたね、素質アリと思うからやりなさいヨ」

すっかりうれしくなって、「やるぜ」とばかりに、帰ってきたことでした。

# 学校のお裁縫の宿題を「本職」に頼みました

句会初体験で〈片袖縫つて〉と書きましたが、じつは、お裁縫は、あまり得意ではありません。というか、したことがない。

学校で、お裁縫の宿題を「本職」に頼んだことがあります。

女学校で、子どものオーバーを縫う、という宿題が出たのです。

ところが、うちにはミシンがありません。

母は、ほんとうはうまいのです。若い時分から、三味線とお針はプロ級だったそう。でも、肩が凝るからといって、ボタン付けひとつやらない。そのころは、家に女中さんがいましたしね。

それでも、オーバーとなると、女中さんの手には余るしミシンもない。

そこで、お出入りの洋服屋さん、しじゅう家に来て父の背広だの何だのつくっていた人に、頼んだのです。

「なるべく、へたに縫ってくださいね」

そう言われて、洋服屋さんも困ったでしょう。

たぶん、徒弟さんにつくらせたと思うのですが、素人の女学生が縫ったにしては、ずいぶん見栄えがいいのが、できちゃった。

でも、そのまま出しました。

そうしたら、お裁縫の先生が、怒るまいことか。

「これを出す金子さんも金子さんですけど、金子さんのお母さんも、よくこういうことを許したものです！」と、みんなの前で、烈火の如く。

わたし、お教室でわーわー泣いて、退学かな、と思ったんですけど、退学にはならず、母が学校に、あやまりに行きました。

母子して、世間知らずでしたね。

## シクと音して？
## これは誤植にちがいないと

句作りをはじめて二年くらいは、夢中の時期でした。月に十回以上の句会に出ていたこともあります。玉電《たまでん》や都電に乗って、あちこちへ出かけて行きました。

「句会」には、いろんなやり方があります。

基本は、反古《ほご》を切ったようなぺらぺらの短冊何枚かに、自分の句を一句ずつ書いて提出。先生の句も参加者の句も、作者がわからないように混ぜていったん清書して、あらためて、どの句がよいかを全員で選びます。

たくさん点が入れば得意満面ですし、他のどなたも採ってくれなくても、先生お一人が採ってくだされば大得意。無点で終われば、しょんぼりして帰るという按配《あんばい》。

そのころは、東京都の俳句連盟というものがあって、ほうぼうの区で句会がありました。わたしは、杉並区の句会へ行って、世田谷区にも、墨田区にも行くというふうでした。

「おっ、句会荒らしがきたよ」

わたしが顔を出すと、そんなことを言ってくれる人がいて、これがまた、うれしいのです。

画鋲ぽろりと自負あふれだす霜夜《しもよ》の影

こんな、いかにも元文学少女らしい句をつくって、うれしがっていました。頭のなかは『新青年』や新感覚派に、夢中になっていたころのままだったんですね。

近郊の「吟行」があれば、抜け駆けで一人、事前に現地へ出かけます。しかも、本番当日の天候がどうであってもいいように、晴れ用、雨用、くもり用の俳句をつくっておいて、当日、その場でつくる人たちを尻目に点を稼ぐ。お恥ずかしいかぎりです。

例のクリーニング屋のご主人も、わたしがあまり夢中になっているので、かわいく思ってくださったか、あちこちの小グループに連れ歩いてくださいました。

ちやほやされて、浮かれていた時代でしたが、手当たり次第に俳句の本を読み、自分なりに勉強した時期でした。

はじめて歳時記を開いたときのこと。

《厚餡《あつあん》割ればシクと音して雲の峯》（中村草田男）という句の「シク」。いまならもちろん擬音語とわかりますが、これはぜったいに誤植だと。

俳句とは「荒海や」であり「古池や」であって、シクだのアンコだの、とんでもないと、そのときは思っていたのです。

## 良い人は天国へ行ける。悪い人はどこへでも行ける

俳句の世界は「結社」を中心に動いています。

というと「秘密結社」のようで、ものものしいですが、要は、みんなで集まって俳句をつくりましょうという集団です。

いちど入ると、人間関係ができて居心地がいいですから、ずっとひとつの結社ですごされるかたが多い。

わたしは、無名の気楽さで、いろんな結社や同人誌を渡り歩きました。

結社には中心となる「主宰」がいます。

主宰は、結社のなかで、人の生殺与奪《せいさつよだつ》の権利を握っています。好かれれば地位が上がるし、嫌われれば沈没します。

追放されていっさい関係が絶たれてしまう破門のようなこともあるのです。

わたしが三十年以上在籍した「草苑」という結社の主宰、桂信子さんは、俳句史に名前の残る俳人です。そして、たいへんにマジメな方でした。

親鸞の悪人正機《あくにんしょうき》、「善人なほもて往生をとぐ、いはんや悪人をや（善人ですら成仏して極楽へ行けるのだから、どうして悪人が成仏できないわけがあろう）」がわからない。

「善人しか往生はできません、悪人は往生しちゃいけないんです」

と、真顔でおっしゃるような人です。

そういう「清く正しく美しい」人ですから、わたしのような「悪い人」とは、合わない（そう、それがわたしにとって、一生の大問題）。

わたしが

一足す一は大きな一よ雲の峯

という句を書いたら、桂さんがわたしの句を打ち消すように、一足す一を二にします、という内容の句を書かれたことがあります。

ああ、お気持ちにかなわなかったか、と思いましたけど。

それでも、結社の横浜支部長という役職なども務め、「草苑」と桂先生には最後まで忠勤を尽くしました。


桂先生は、わたしのことを、わかってくださらない。

そういう気持ちでグレていたころ、変名でよその結社に投句していました。

いくつかの雑誌の会員になって投句する方は他にもいますが、変名というのは悪質です。「草苑」の金原ではなく注目されたいというのですから。

「鷹」という、別の有力結社に投句して、賞の候補になってしまったこともあります。応募したのは自分なんですから、先々の計算ということができていない。もし、それで受賞して、「草苑」にバレたら？　破門状が回っていたかもしれません。

そうでなくても、ちらとでも句を見られたら、先生は俳句のプロですから、金原の作品だとわかってしまうかもしれないし、誰かがお耳に入れることもあったかもしれない。

先生はほんとうは全部ご存じなのかもしれない。

でも先生は何もおっしゃらず、お目にかかったときは、笑っていらした。

そのことが怖くもありました。

心の奥には、先生に知ってほしい、という気持ちがあったと思います。

叱られて、破門されて、泣き沈む自分を、何度も空想したりしました。

自己破壊衝動というのでしょうか。むしろ、お母さんの気を引きたくて悪戯《いたずら》をする子どもの気持ち？　自分の心理がよくわかりません。

ずっとあとになって「ごめんなさい」とお手紙をさしあげたところ、「知っていましたよ」と、お返事をくださいました。

桂先生は、九年前に九十歳で亡くなり、「草苑」は、どなたも継承せずに解散。たいへんきれいな幕引きでした。

桂さんが亡くなられたとき、机には、親鸞の『歎異抄』があったそうです。「悪人正機」を認めないマジメな方でしたが、悪い人のことも、なんとか理解しようとしてくださっていたのですね。

偉い人です。

# わたしはワイドショー的フマジメ人間

世の中、いろんな人がいますね。

わたしは、ワイドショー的フマジメ人間ですから、事件も、噂話も大好物。

もちろん、なにごとにおいても、平穏無事がいちばんですし、そうなることを心から望んでいます。

けれど現実は、どなたにもどのお家にも、不道徳なこと、不名誉なこと、いろいろあってあたりまえ（わたしにもいろいろありました）。

いいじゃないですか。

わたし自身、現実生活においては、きれいごとや建前をだいじにすること人後に落ちない。歴としたマジメ人間の顔ももっています。

けれど、自分が根っから善良な人ではないことぐらい、わかっていますから。

恥ずかしいことをした人を、軽蔑はしません。
イヤなことをする人も、たいがいは許せます。
おもしろがってしまうことが、できれば。

## 「逢い引き」の句は、ねらいどおり評判に

花合歓《はなねむ》やひる逢ふ紅はうすくさし

この句をつくったのは、「春燈」という結社にいたときです。
じっさいに、夫と逢い引きをしていたころから、もう二十年は経っていました。

当時「春燈」には、瀬戸内寂聴の小説のモデルにもなった鈴木真砂女《まさじょ》という作家がいました。この人は銀座で「卯波《うなみ》」という小料理屋をやっていて《羅《うすもの》や人悲します恋をして》《死なうかと囁《ささや》かれしは螢の夜》というような句があります。ドラマチックで艶《えん》なところのある作風なのです。

わたしも、真砂女にはちょっと憧れていたものですから、主人との昔のいき

さつを思い出して、ドラマ仕立ての句をつくって投句しましたところ、作戦成功。

「春燈」主宰の安住敦先生も、モダンな抒情派でしたから、やっぱり、そういうのがお好きで、わたしの句は、どんどん投句欄の上位に進出したのです。

その後、安住先生とはじめてお目にかかったとき、白状しました。

「じつはわたし、六十歳を超えております、あの句はむかしのことです」

先生は、ちょっとおどろいたように「それを聞いて、ホッとしました」と、おっしゃいました。

それまで、すこしは、ドキドキしてくださったということでしょうか。

と、わたしも、うれしがったりして。

この句は、北條秀司という作家が『京の日』という短編集で、引用してくださり、そういう意味でも大成功……いいえ、思い出深い句です。

# わたしの句は、ほんとうだけどウソ、ウソだけどほんとう

人に勧められるままに、これまで四冊の句集を出してきました。以前に出した句集『冬の花』（一九八四年）と『弾語り』（一九九九年）は、人に差し上げてしまって、手元には一冊ずつしか残っていません。分相応《ぶんそうおう》に、まわりの方に読んでいただいただけで、特に話題になることもありませんでした。

火あぶりの火の匂ひして盆踊り
おもしろの世や菜を漬けて小半日
『冬の花』

網膜の赤ながれだす夕花野
失語症さふらんの葉をこまむすび
七月のころりと皿にたらこかな
『弾語り』

錠剤は青が効きさう風花す

平成二十二年（二〇一〇年）の『遊戯《ゆげ》の家』は第三句集。この期《ご》におよんで、という言葉がちらつきましたが、恥のかきついでで出してしまいました。

太宰治がこんなことを書いています。

「恥ずかしがっている者に向かって、〝おまえ恥ずかしくないのか〟と言えるのは鬼だ」

まさにその気持ち。

そういう逃げ腰のひらきなおりがわたしの身上らしく、尻込みして恥ずかしがって、けっきょく全部やってしまうのです。

わたし自身、年をとればとるほど、書くものが自由になっていくように思います。他人様《ひとさま》の物差しにかなうかどうかはわかりませんが、自分のなかに、あたらしい花が開くように、世界が生まれて拡がっていきます。

句集『遊戯の家』は「九十九歳の不良少女」という惹句《じゃつく》を帯にいただいて。よくぞつけてくださいました。この言葉は、わたしの宝物。

この惹句のおかげでしょう、わたしのようなものに、いくつか取材の申し込みをいただきました。

記者の方の関心が、わたしの年齢にあるということは、じゅうぶん承知しております。しかし、みなさんが期待するような人格者でもなければ、カワイイおばあちゃんでもありませんから、あまりお役に立たなかったでしょう。

春暁の母たち乳をふるまうよ
夕顔はヨハネに抱かれたいのだな

『遊戯の家』

句集の最終章「ガーデン」は、エイズで亡くなった映画監督のデレク・ジャーマンが、最後の日々をすごした庭のことを、想って書きました。

美しい男性達の映画を撮ったデレクは、ＨＩＶに冒されたと知って、ドーバー海峡に面した荒涼とした土地、遠くに原子力発電所が見える場所に、彼の庭をつくり、そこで、静かに死を迎えました。

写真を見ると、そこは、ぽっかりと空が広い、この世とは思えないような場所でした。

「パラダイスは庭に宿る。そして、わたしの庭に宿る」と書いた、デレクの枕元には、夜な夜な、天使が訪れていたのではないでしょうか。

「ガーデン」
朴散るたび金貨いちまい口うつし
ああデレクポピーから顔あげるとき
薄荷油を塗りあってヨハネ・ルカ・マルコ

「ほんとうですけど、ウソなのです」「ウソですけど、ほんとうなのです」というような俳句のつくりかたをしたいと、わたしは思っているのです。

# ウソのようなことが起こるのが人生

ブログをはじめたとき、「一〇二歳で第四句集をめざします」と書いて、線で消すという、ジョークともなんともつかないキャッチフレーズを、トップページに掲げていました。

ウソから出たまこと。

毎日書いているものですから、どんどん句が溜まっていきます。

そうこうするうちに、娘が背中を押してくれました。

「句集を出しましょうよ」

第四句集のタイトルは『カルナヴァル（謝肉祭）』としました。

最後の句集ぐらいは、清く正しく美しく。

……となるはずもなく、虚空から湧いて出たものが跋扈《ばっこ》する「祭」のような句集になりました。

「戦メリ」のヨノイを見てしまってから、わたしの書くものは、ますます妖しくなっていきました。

といっても、男性どうしの性愛そのものを書くわけではありません。その楽園のような、地獄のような世界へと飛んでいって、捕まえてくるのが、奇怪な蟲や花のイメージなのです。

あとは食べもの。わたしの句にあらわれる食べものは、食べて美味しいものではなさそうですが、あれはいったい、何でしょう。

エスカルゴ三匹食べて三匹嘔《は》く　『カルナヴァル』
青鮫が「美坊主図鑑」購《か》いゆきぬ
山羊の匂いの白い毛布のような性

この句集のために、表紙のデザインを二案、編集の方がもってきてくださいました。

ひとつは、白地に型押しで、虫やトカゲをあしらった図柄。

もうひとつは、わたしの大好きな「聖セバスチャン」、三島由紀夫が『仮面の告白』で、それを見てはじめての自慰をしたと書いたセバスチャンの絵を、全面に使ったものです。

わたしが決めかねていたら、その場にいた人たちが、

「じゃあ、白いほうは第五句集で」

なりゆきで、次の句集のお約束まで、してしまいました。

この約束は、いったん線を引いて抹消しておきますが、ウソのようなことが起こるのが人生ですから、また、ほんとうになってしまうかもしれません。

# 初出と参照

〔初出〕

一四頁（冒頭部分）　句集『カルナヴァル』（二〇一三年）「あとがき」より
一八～一九頁　句集『弾語り』（一九九九年）「あとがき」より
四二～四四頁　『街』第81号（二〇一〇年二月）「千代田区麴町六丁目七番地」を改稿
一〇二～一〇五頁　『草苑』（一九九一年）
一五二頁　『らん』第56号（二〇一二年）「音声付きで」

〔参照〕

三四頁　森於菟『耄碌寸前』（みすず書房・二〇一〇年）
四二頁　堂本正樹『回想　回転扉の三島由紀夫』（文春新書・二〇〇五年）

## あとがき

なにしろ、あなた、なにが口惜《くちお》しいといって、この期《ご》に及んでこんなに耳が不具合になるなんて、まったく宥《ゆる》せないのです。音は伝わるのですが、言葉のすべてに雑音がかぶさり、かたちをなさず、音程は、笑いたいほど狂い、これがあの「エナジーフロー」か、「ジムノペディ」かと疑うばかり。脳髄は正しく美しく曲のすべてを記憶していますのに。

さて、そのような日々なので、うそもまこともこきまぜて。本書『あら、もう102歳』が出来ました。みなさまのお目を汚したく存じます。お許しくださいますよう。

草思社の吉田充子さん、お力をくださいましたみなさま、ありがとうございました。心より御礼申し上げます。

二〇一三年三月二十日

金原まさ子

# 金原まさ子句集

一〇〇歳―一〇六歳

句集『遊戯の家』（二〇一〇年・一〇〇歳）より

春暁《しゅんぎょう》の母たち乳をふるまうよ

囀《さえず》りのごときに耽《ふけ》り神々は

春風が耳打ち「ヒトハイキカエル」

老人の血はすっぱいと鳴く春蚊《はるか》

青蜥蜴《あおとかげ》なぶるに幼児語をつかう

赤いところで氷いちごは悲しんで

シェリー忌の眼球が浮く秋の水

生牡蠣《なまがき》を朝食う貴族には勝てぬ
つまりただの菫《すみれ》ではないか冬の
朴《ほお》散るたび金貨いちまい口うつし
月白く出てニワトコは殺しの木

薄荷油《はつかゆ》を塗りあってヨハネ・ルカ・マルコ

句集『カルナヴァル』（二〇一三年・一〇二歳）

ああ暗い煮詰まっているぎゅうとねぎ

ひな寿司の具に初蝶がまぜてある

目かくしの土竜《もぐら》の指の花の香よ
ヒトはケモノと菫《すみれ》は菫《すみれ》同士契《ちぎ》れ
猿のように抱かれ干しいちじくを欲《ほ》る
衆道《しゅうどう》や酢味の淡くて酢海鼠《すなまこ》の

どしゃ降りや身ぐるみ脱いで白百合は

雲の峯まっしろ食われセバスチャン

ぷいと来てバラを接木《つぎき》して去りぬ

百万回死にたし生きたし石榴《ざくろ》食ふ

エスカルゴ三匹食べて三匹嘔《は》く

中位《ちゅうくらい》のたましいだから中《ちゅう》の鰻重

山羊《やぎ》の匂いの白い毛布のような性

いなびかり乞食《かたい》とねむる妃《きさき》にて

にごりは両性具有とよ他言すな

わが足のああ堪えがたき美味われは蛸《たこ》

深夜椿の声して二時間死に放題

青鮫が「美坊主図鑑」購《か》いゆきぬ

白磁に盛るひかりごけのサラダとさじ
月光やおのれとあそび藤たちは
別々の夢見て貝柱と貝は
鶴に化《な》りたい化《な》りたいこのしらしら暁《あかつき》の

水が上って白菜が浮く石棺《せっかん》ごと

片腕の馭者《ぎょしゃ》をあらそい日と月よ

ああみんなわかものなのだ天の川

蠟燭《ろうそく》の火が近づくよ秋のくれ

二〇一三年（一〇二歳）

大脳に火熨斗《ひのし》をかけてどうするのだ
狼いっぴきいま下《くだ》さいかならず返す
鍵穴にちょろぎを詰める粛々と

魚がうたう夜だよ黄色い洋燈《ランプ》だよ

反芻《にれか》むよ陽や風やタンポポや酢や

トヘトヘトーレ夜っぴてサンバでトヘヘロトーレ

躙《にじ》り口からきしゃごきしゃごと出てゆけり

共に死のうと赤貝と菜の花と

あつまって蝶を食おうよ見ず知らず

めくれ春風美童ハラキリ図絵ですよ

ウェットティッシュ百箱うかぶ春の海

連翹《れんぎよう》をかきむしりきれいな病人

藤がじぶんを白い足だと思いこむ

不眠の金魚　金魚玉の底あるく

バラ風呂に首ひとつ浮き向《む》こうむき

くらやみ祭へきらりきらりと蝶連れて
「ミシマー」と叫んで水飲むインコ夏あかつき
マグロのトロの裏側も診て口腔科
ストローで臍《へそ》から神を吸いあげる

百合截《き》ってほかにもなにか切りたい日

ああ絢《けん》爛《らん》そらいちめんの桜えび

愛憎のまなこを萩《はぎ》へぬらりひょん

秋蝶を殺《や》っていません白い昼

歯がまっしろ号泣のカンナの口
なまぬるいけものの道だな蛍とび
月光が熱いあついと泥の蝶
菫挿《すみれさ》しやすしたて長の臍《へそ》なので

ずぶずぶと麦とろを食う星月夜《ほしづきよ》

繃帯《ほうたい》をひきずってゆく野菊道

階段に蜜を垂らすな舌がくる

上体を反らすと冬の卓袱台《ちゃぶだい》が見える

こらえきれずに酢牡蠣《すがき》を食うよストーカー
赤いバケツがなぜあちこちに茸山《きのこやま》
雪の夜の痴《し》れ虫となり徘徊す
絨毯にくるんで私が捨ててある

あさってからわたしは二階の折鶴よ

二〇一四年（一〇三歳）

目は水で唇は水銀で濡れる冬

鯛の海へマンジョウミリンどばどばと

雪椿は木に縛られて咲くのです
冬ふかく裏二階へゆかねばならぬ
闇汁から眼球ひとつ煮こぼれて
見えるので葱のむこうを視《み》てしまう

春分のああガチで雪の降ることよ

紅梅と紙のおむつをちら見かな

隣家からさびしい芹《せり》がかおを出す

お煮付のキンメは麿赤児《まろあかじ》のよう

化粧してトナカイの肉食べる会

金鳳花《きんぽうげ》たべちらかして髑髏《どくろ》かな

蛇山がわらう麓《ふもと》がしんとする

たとえばきみ左手呉《く》れと云われたら

うつぶせに寝るなら春の水の上

小鳥死んだら春夕焼と入れかわれ

山羊《やぎ》の脳入りカリースープをイエズスと

酢につけてから虹を食う姉・妹

永き日のまだ魚でなく鳥でなく
主に瞶《み》られ鯛の目すくう舌の匙《さじ》
画鋲ばらまかれ月光の通りみち
扉のない部屋から天道虫出てきたよ

好《よ》ござんすか影ごと小鳥埋めても

蟻地獄を弄《あそ》んでおれば音楽が

心得てパセリ出てくる時と場所

舌まっくろでサクランボのせてキリンは

鎖骨のくぼにリキュール黒揚羽のため
パン切り俎《まないた》の上でかまきりの自刃《じじん》
はっ！老人がＨÔＫＥＩだ関節人形展の
ほんとは人ではりがね虫ではないのです

西瓜《すいか》だすいかだと泣き西瓜《すいか》割るおとこ

霧濃くて嚙み切られたガラスのマドラー

巫山戯《ふざけ》るなと書いてから縞蛇を縛る

酢水雲《すもずく》を司祭と啜《すす》るこの世かな

夕顔にさっと血しぶきそれを活ける

ノックして逃げ焼栗を買い戻る

戸袋のなかの起き伏し月光夫妻

老人がだきついている石榴《ざくろ》の木

風のいちじく見にゆく途中すこし変

露地ふかく秋の男の朱鼻緒

おっぱいに痴《し》れ痴《し》れて寝る赤子《あかご》かな

ハミングの男がふたり鹿になる途中

エイはミタ目をあけたまま眠るから

二〇一五年（一〇四歳）

鶴のこえして七草のなかぞらよ

葱《ねぎ》提げてネクロフィリヤの姉妹かな

赤い雪降りかぶりたし裸身にて

蝶の目のきらっと熱が九度三分

春・水銀の珠《たま》もてあそぶおんなかな

しづけさや菫《すみれ》が浴びる神のしと

溺れつつ顔あげる度《たび》酢牡蠣かな

水底で唄っていたよ鸚鵡《おうむ》なら

夜桜が咥《くわ》えているのは白ねずみ

クローゼットのほの暗さこそ百合二本

黄揚羽の舌ひるがえる階段よ

赤い斧提げて花屋へ修司の忌

不安なので新じゃがが煮崩れている

片腕は黄泉《よみ》へさしこみ石榴《ざくろ》の木

かねこさんをかるくいじっている満月

二〇一七年（一〇六歳）

西洋葱《ねぎ》の青い所でハルポといる

一本葱《ねぎ》は傷だらけ二本葱《ねぎ》は共狂い

春昼のほとけの嵩《かさ》をはかるかな

まっしろのほとけの嵩《かさ》のおそろしき

指切りの指ではないか春の小川

桜の森だよピンクな浮腫《ふしゅ》の下肢百本

絵蠟燭《えろうそく》神たちからだ汚しあう
月光の黄《き》ちちくびの黄《き》菜畑の死
蝶の筥《はこ》へ三日月が忍びこむ
死にたてよ八重桜きて包みこむ

『らん』第六二号（二〇一三年七月）「ざくろ酒」より

月光がでで虫を抱きだきころす

ゆく春の毛ものいちにち毛づくろい

ウォッカとくさやと津軽三味線と

不味《まず》いか美味《うま》いか抽斗《ひきだし》のするめいか
ユダ恋うとき狼の毛の代赭《たいしゃ》色
『豈』第五六号（二〇一四年七月）「おためし小皿料理」より
紅梅《こうばい》と赤子《あかご》のおしり見較べる

舌で拭《ぬぐ》えくちびるのマスタードと韮《にら》は

人のかたちに砂掘っている月夜の子

シナリオのはじめは麦秋《ばくしゅう》の外厠《そとかわや》

ことんことんと海鼠《なまこ》が階段おりている

月濡れの花茣蓙《はなござ》よおいしゃさまごっこの

『朝日新聞』二〇一五年一〇月二七日付け・「煌々と」より

墜ちてくる秋蝶すばやくラップせよ

酢もずくのような水ぐもが皿の上

血が軽い赤子《あかご》と虎の皮に寝て

星踏んだらし土ふまずの青痣《あおあざ》

イエズスとユダを沈めて大花野

※初出ではふりがなのない字にも適宜ふりがなを付しました。

## 文庫版あとがき　母のこと

植田住代

一〇六歳のA子さんが逝った。B子さんを連れて。

金原まさ子はずっとA子さんで過ごした。七〇歳頃、B子さんが現れるまで。

A子さんの半生はこのエッセイで知ることができる。


一〇〇歳を過ぎたA子さん。

朝九時頃、二階の寝室からコットンコットンと階段を降りる音がする。ノート、鉛筆、メガネ、本などが入った合切箱《がっさいばこ》と一緒に。

階段の昇り降りは一〇五歳一〇か月頃までは自由だったのだ。

リビングの入り口での朝のご挨拶は、お互いに静かなおはようの礼で始まる。

それから、夜の間に俳句ができたかの報告。「できたのよ、八つも！」とか「なにもできなかった」とか。

朝のセレモニーは、「多くて困る」と言っていた。

まず、牛乳かお茶を一口。

血圧のチェック、軽くお化粧、夜にできた俳句とメモの整理、新聞にチラッと目を通す。そしてブランチに近い朝ごはん。薬を飲む（たくさんあるけれど自分で管理できていた）。

それから一日が始まる。母の定位置はリビングのテレビのそばのソファーの隅。まわりに参考にすべき本の類が積まれている。そこでいつも鉛筆を握っていた。2Bか4Bの鉛筆（筆圧がなくなっているので芯の軟らかいもの）、カラーフェルトペン。気に入ったフレーズが見つかると書き留めておく手帳が何冊も箱いっぱいになっている。

耳が不自由になってから、情報を得るのは、字幕に頼るテレビ、新聞、雑誌。新聞は隅から隅まで読んでたなぁ。

そしてパソコン。キカイオンチの人がどうしても使いたくなって、マウスの使い方に苦労してギブアップしかけたが、ノートパソコンを孫が用意してくれてから、なんとか操れるようになった。自由に外出したり、お仲間と会うことができなくなったから、一番の情報源になった。

「お気に入り」に入れておいた自分のブログ、俳句仲間のブログ、ツイッターを毎日のように楽しんで読んだ。なぜか俳人S氏のツイッターが気になって気になって、「ウフフ、ウフフ」と笑いながら読んでいた。

一日の大半はこのソファーで過ごし、合間に自分のノルマをこなした。自分の部屋のこと、身のまわりのこと、簡単な掃除、雨戸を閉める、お米を研ぐ。足のむくみが出てきて動きが悪くなる一〇五歳半ばまで。

貧血も出てきたので、利尿剤と造血剤の投与が始まった。

二度ほど転んだ。お風呂で手すりとシャワーのホースを間違えてつかみ、尻餅。ドンとなる前にとっさにお風呂の縁につかまりセーフ。二度目は冷蔵庫の引き出しを開け損ねて横倒しに、頭も打ったので念のため受診。

全身の検査。足に大痣《あざ》を作ったが、どこもなんともなく、お医者様から「あと五年は大丈夫」とタイコバン。貧血のことも言われたが、「一〇〇歳過ぎて輸血はねぇ」

ということで造血剤を続けることで無罪放免。ほんとに強い免疫力！

むくみ、貧血が進み、むくみが足の付け根まできて二階まで上がれなくなった一〇五歳の終盤（二〇一六年末）、介護認定を受け直し（でも「要支援1」は変わらなかった）、ベッドをレンタルして一階で過ごすことになった。

歩行は、伝い歩きかシルバーカーを使ってできた。

生活は、「眠たいときに寝て、食べたいものを食べたいときに食べれば、それでいい」と主治医には言われたが、本人は気に入らない。メリハリのある生活をしたがった。

毎月の診察に出かけたが、待ち時間が長すぎるので、訪問診療に切り替えた。二週間に一度の診察。特に治療はないので、状態を見ていただくだけ。なにかあれば連絡できるので安心だった。

むくみは徐々に取れてきた。介護ベッドを使うのも夜寝るときだけ。お風呂も私が見守るだけで一人で入れ、シャンプーも自分でできた。美容院に行けないのでカットは私。

母の本音は、「朝起きたらずっと寝ていたい。横になっていたい。楽だから」。でも、そうすると、「自分も住代ちゃんも困るだろうから、エイっと起きる」のだそうだ。自分のブログもなんとか続けていた。後半は休んだり復活したり。休むことは本意ではない。やめるか、続けるか。俳句の会を辞めたのにブログだけ続けることはできない。オール・オア・ナッシング。すべてがそんな感じで。

逆流性胃炎の症状が出て、飲み薬で抑えて凌《しの》いだ。五月、その症状が強くなり、貧血の度合いも重くなったので、検査のため入院。今度の先生は検査後、「輸血しましょうよ。大丈夫だから」。

「延命はイヤ！」

「輸血は延命ではありません」

輸血を受け、胃カメラ検査もした（腫瘍が見つかった）。

あっという間に貧血が好転。こんなにも輸血が効くなんて！「目もはっきり見える」と言っていた。三週間の入院だった。

退院に向けてリハビリ病棟に移るとき歩いて移動し、「一〇六歳が歩いてきた」と驚かれた。元気な一〇六歳がいると伝え聞いた方が見にいらした。「おがんでいった」と母が笑っていた。

退院の二日前、出張美容室があったので、カット、パーマ、カラーリング、全部していただいた。久しぶりにサッパリ。疲れも見せず嬉しそうだった。

退院。

さすがにベッドで過ごすようになった。でもお風呂もトイレも大丈夫だった。ベッドで不自由ながら俳句も詠み、なにかしらメモしていた。

そして三週間。やはり数値が下がる貧血。二度目の輸血のため入院。前回ほどの効果は出なかった。「免疫ができてしまうので、これ以上の輸血はできない。退院したら看取りに進みます」と主治医から言われた。

日頃からよく言っていた。「一〇〇歳を過ぎた身体は、自分しかわからない。お医者様だってあなただってわからないわよ。同じ年にならなければ。ましてや一〇五歳過ぎた身体のことは」と。

私に介護だけはさせたくないとも言っていた。
「早くあなたを楽にさせてあげたい」（まだなにもしていないのに）
「解放させてあげたい」（いいじゃない。お世話するわよ）（一人はイヤよ。さみしいから）
これは絶対言えなかった。悲しむだろうし、一人になる私を心配すると思うから。
だからいつも私の言うことは「あなたのネンキンで遊ぶのだから、まだ遊びましょうよ！」。
「延命はなしよ」（もちろんよ）
「お葬式はなしで」（う〜ん、家族だけでね）
「お別れ会なんてものもね」（わかった）
「遺句集なんてとんでもない」（うんうん）
「戒名もいらない」（先人たちに、「まーちゃん名前つけてもらわなかったの？」って言われるわよ）
「ウフフ」（慈彩院釋尼俳正を頂いた）

死ぬことは怖くない。無になるだけのことだから。死に至るプロセスはこわいけど。だから自分も知らないうちに死にたい。そんなことを言っていた。

退院が決まったとき、「もう終わらせてしまいたい」と思ってしまった母。「私、もういいわよね！」と旅立ってしまった。無の世界に。

アリガト　オカアサマ　シンパイシナイデネ

転生三度目の脂百合《やにゆり》ですよ　　まさ子

晩年の華やかな俳句生活のきっかけを作ってくださった小久保佳世子様、二〇一一年、東北大震災の大川小学校の子供たちの悲劇を知ったとき、俳句なんて作っていられないと嘆いた母を、「自分のブログに書くのならいいではないか」と、俳句に引き戻してくださった。六年間、ブログの管理人として母のわがままをずっと我慢して、はげまして、続けさせていただいたこと、感謝いっぱいです。

これがきっかけで母のことを知っていただき、句集『カルナヴァル』とこのエッセイ『あら、もう１０２歳』を出すことになり、テレビ、雑誌、新聞にも取り上げられた。徹子の部屋では、心配をよそに徹子さんのトークによくついていった。天声人語にも取り上げられた。二〇二〇年のオリンピックまで、新元号までを目指していたが、これは叶《かな》わなかった。

俳句結社「街」の今井聖先生、「らん」の鳴門奈菜先生、皆川燈様、「銀化」の中原道夫先生にはご迷惑をおかけした。そして遠く最初の師「草苑」の桂信子先生。いっぱいいっぱいお世話になりました。

句集『遊戯の家』発行でお世話になった柴田千晶様、句集『カルナヴァル』、エッセイ『あら、もう１０２歳』の発行にご尽力くださった西原天気様、上田信治様、草思社の藤田博様、吉田充子様に、いっぱいいっぱい感謝です。

母にかまってくださった皆々様に、感謝です。

＊本書は、二〇一三年に当社より刊行した著作を文庫化したものです。

草思社文庫

あら、もう102歳

俳人金原まさ子の、ふしぎでゆかいな生き方

2018年2月8日　第1刷発行

著　者　金原まさ子

発行者　藤田　博

発行所　株式会社 草思社

〒160-0022　東京都新宿区新宿 1-10-1
電話　03(4580)7680(編集)
03(4580)7676(営業)
http://www.soshisha.com/

本文印刷　株式会社 三陽社

付物印刷　株式会社 暁印刷

製本所　大口製本印刷 株式会社

本体表紙デザイン　間村俊一



ISBN978-4-7942-2320-3　Printed in Japan

草思社文庫既刊

## 子規に学ぶ俳句365日
『週刊俳句』＝編

「写生」という近代俳句の手法を提唱した正岡子規。そんな子規の俳句を一日一句365日、めぐる季節を楽しみながら俳句の骨法が会得できる一冊に。注目の若手俳人9名が子規俳句の魅力を解きほぐす。

## 虚子に学ぶ俳句365日
『週刊俳句』＝編

虚子は、近代俳句の祖・正岡子規に兄事し、俳句を国民的文芸にまで育て上げた近代最大の俳人である。現代的でわかりやすく、面白味に富んだ虚子の俳句を堪能しながら、俳句の骨法を習得しよう。

## 俳句発想法　歳時記〔春〕
ひらのこぼ

俳句は〝発想の型〟に習熟してこそ、打坐即刻の秀句が生まれます。数々の春の季語から発想を広げる切り口を提示した、まったく新しい歳時記。作句のヒントを多数掲載し、俳句の創作意欲を刺激します。